www.ingramcontent.com/pod-product-compliance
Lightning Source LLC
LaVergne TN
LVHW101956220826
846093LV00007B/238

عزلة الحلزون

رواية

عزلة الحلزون

خليل صويلح

نوفل

صدرت عام 2019 عن **نوفل**، دمغة الناشر هاشيت أنطوان

المكلّس، بناية أنطوان
ص. ب. 0656-11، رياض الصلح، 2050 1107 بيروت، لبنان
info@hachette-antoine.com
www.hachette-antoine.com
facebook.com/HachetteAntoine
instagram.com/HachetteAntoine
twitter.com/NaufalBooks

صورة الغلاف: **© HoleInTheBox / Alamy Stock Photo**
تصميم الداخل: **ماري تريز مرعب**
تحرير ومتابعة نشر: **رنا حايك**

ر.د.م.ك. (النسخة الورقية): 978-614-469-438-1
ر.د.م.ك. (النسخة الإلكترونية): 978-614-469-439-8

إلى ديما

«فلا تذهب إلى ما تريك العينُ، واذهب إلى ما يريك العقل، وللأمور حكمان: حُكم ظاهر للحواسّ، وحُكمُ باطن للعقول، والعقل هو الحجّة».

(الجاحظ – كتاب الحيوان)

«أريدُ أن أطردَ لا الهراطقة، بل الهرطقة».

(القدّيس يوحنّا فم الذهب)

1

مضى شهر وأسبوعان على عملي مدقِّقًا لغويًا، بدوام جزئيّ، في موقع «شعاع» الإلكترونيّ. لم يكن هذا النوع من العمل، بالنسبة إليّ، يتطلّب جهدًا كبيرًا، مقارنة بمهنة الصحافة نفسها، فقد كنت أتهيّب الكتابة، كما لو أنّها عمليّة جراحيّة معقّدة في الدماغ، عدا بعض المحاولات المتعثّرة التي أحتفظ بها في دفترٍ خاصّ، لم يطّلع عليه أحد، قبل أن أقتحم العالم الافتراضيّ بصفحة على موقع فيس بوك تحمل اسمًا مستعارًا، هو ميخائيل جبران، اقتبسته من اسمي كاتبين مشهورين هما: ميخائيل نعيمه، وجبران خليل جبران. اهتممتُ أوّلًا، بتصحيح الأخطاء اللغويّة المريعة التي يرتكبها الآخرون في كتاباتهم على الحائط الأزرق، كأنّهم من العجم، لفرط انتهاكهم اللغة الفصحى، وتحطيم القواعد في وضح النهار، إلّا أنّني أهملت ذلك لاحقًا، لعدم استجابة أحدٍ لما أقوم به من تصويب للأخطاء، فسلامة اللغة آخر ما يفكّر فيه هؤلاء الحمقى.

بحكم الخبرة، لم أعد أنظر إلى اللغة كجسد مقدّس، أو مكان إقامة غير قابل للتحوّل، أو للتلوّث بشوائب اللغات الأخرى، إنّما كجسر عبور في اتّجاهين للنكهات والأصوات والألوان. أقول لنفسي،

كيف لي أن أتأبّطَ معجم سفينة الصحراء وحده، وأنا أعبر شوارع اليوم المزدحمة بالأبراج والمولات ومحطّات القطارات؟ هل ينبغي عليّ أن أخلع سروالي الجينز، وساعتي الرقميّة، وجهازي الخليويّ، وأرتدي عباءة جدّي الحادي عشر، استجابةً لفتوى طارئة؟

كان هذان السؤالان يلحّان عليّ، كلّما بزغت أمامي صورة أحد الأسلاف، وحمولة ميراثهم الثقيل: صهيل خيل، وسيوف ملوّثة بدماء القبائل الأخرى، وطعنات، وغزوات، ونساء مفجوعات، وهجرات قسريّة، وقبور أولياء وعشّاق بأسماء مجهولة.

عملي الإضافيّ في الموقع الإلكترونيّ، أتى في توقيته تمامًا، لجهة تصريف الضجر، ومواجهة الخسارات المتلاحقة، والندبات العميقة التي وضعتني في مهبِّ الحيرة والخذلان واليأس، كان آخرها هجرة ثريّا صبّاغ إلى باريس: ابتكرتْ سيرة ذاتيّة لا تخصّها، سيرة متخمة بالاضطهاد والملاحقات الأمنيّة وأخطار العيش في البلاد. روت لي بسخرية، كيف وضعتْ ملفّها الضخم أمام موظّفي السفارة الفرنسيّة في بيروت بثقة، ولم يحتج الأمر إلى وقت طويل للموافقة على طلبها اللجوء، وستعترف لاحقًا بأنّها أضافت إلى سيرتها الملفّقة بندًا مثيرًا، يتعلّق بمكابداتها في بيئة تحاصر رغباتها بوصفها مثليّة جنسيًّا!

الآن فقط، أتذكّر كيف انطفأت علاقتنا مثل شمعة، إذ كانت تذوي تدرّجًا، على وقع خلافات في المواقف، ووجهات النظر، في معنى العيش، حتّى في ما يخصّ طريقة تحضير صينيّة بطاطس في الفرن، ونسبة الفلفل إلى الملح، إلى أن غرقنا في بئر العتمة كغريبين، إثر مشاحنات صاخبة، كانت ثريّا تشعلها يوميًّا لإقناعي بفكرة اللجوء، واستنشاق هواء آخر لا يشبه رائحة هذا المستنقع، مشاحنات أدّت بنا، في نهاية المطاف، إلى الانفصال نهائيًّا.

كانت عبارتها الأخيرة لي، قبل مغادرة البلاد، بمثابة ثأر مؤجّل:

– هنيئًا لك قوقعتك البائسة أيّها الحلزون، وأضافت متهكّمة: آمل بأن تكون جملتي سليمة لغويًّا.

لم أغادر مقعدي في الصالة. تابعتُ ارتشاف قهوتي بصمت. كنت أراقب حركة انزلاق عجلتَي حقيبتها الكبيرة، وأثرهما المتعرّج فوق رخام الحجرة، وهي تتّجه نحو الباب الذي تركته مفتوحًا وراءها، كآخر خيط يربطني بها.

(اكتشفتُ أثناء خروجي من المنزل أنّها قد شطبت اسمها عن جرس الباب الخارجيّ، وبقي اسمي مشنوقًا بمفرده، في فراغ الإطار).

كنتُ أعالج غيابها، كأنّها لم تكن يومًا، مثل جرح بسيط أحدثته شفرة حلاقة في الذقن، يلتئم برشقة خاطفة من ماء كولونيا النسيان. لكنّ تقريرًا موسّعًا، قرأته مصادفة، في أحد المواقع الإلكترونيّة عن ترجمة يوميّاتها إلى اللغة الفرنسية، واحتفاء الصحف الباريسيّة بها، أثار سخريتي، لسعة خيالها في تأليف وقائع مفزعة لم تعشها يومًا، ولقدرتها الفائقة على تلفيق سيرة مستعارة من أوجاع الأخريات، استلّتها من صفحات مدوّنات مجهولات كتبن تجاربهنّ في الانتهاك والخوف وحوادث الخطف.

***

كنت سعيدًا – إلى حدٍّ ما – بالقفص الزجاج المخصّص لي كمكتب في بناية شاهقة وأنيقة: أراقبُ حركة الغيوم وأشكالها من خلف زجاج الغرفة في الطبقة التاسعة، وأحيانًا ألقي نظرة نحو العربات المسرعة في الاتّجاهين، على أوتوستراد المزّة، بعد حادثة اصطدام مروري بين عربتين، أو مشاجرة ما في الحديقة المجاورة، أو أنتهي إلى التلصّص على شرفات البيوت المقابلة التي لا تخلو من مناظر مبهجة لنساء لا

يكترث بالأعراف وأسباب الحشمة، من دون أن أهملَ حركة الأجساد في ممرّات الموقع بين مكاتب التحرير، أو من خلف الزجاج الذي يفصل بين المكاتب المتجاورة. لكنّني سأكتشف تدرّجًا أنّ الأخطاء لا تكمن في اللغة وحدها، إنّما في تأويل عبارةٍ ما، بما ليس فيها، وفي كمائن المجاز، وذلك بإشعال حطب الضغينة، وإيقاظ الأسلاف من قبورهم كي يعيدوا تمثيل الجريمة مرّة أخرى، بالوقائع نفسها، كما يحدث في شريط جنائيّ مصوّر.

في الأيّام الأولى من عملي، كنت منهمكًا بتصحيح قواعد الجملة الاسميّة، وأحكام الهمزة، والأفعال الناقصة، من دون أن يعنيني ما يكتبه محرّرو الموقع وضيوفه من الكتّاب من آراء أو أفكار أو تحقيقات صحافيّة، إلى أن غرقت بقراءة مذابح من طرازٍ آخر، تتعلّق بالمحتوى نفسه. هناك رائحة عفن تتسرّب من بين السطور، من طريق تلقيم الجملة بديناميت الكراهية، في إدانة العدو المتخيّل، وبمعنى آخر إذكاء صراع الهويّات وتنابذها، الهويّات الصغرى خصوصًا، تلك التي خرجت من تحت الجلد مثل ثآليل عصيّة على الشفاء. فادّعاء العمل على تربية دود القزّ، لن ينتج حريرًا بالضرورة، إنّما أشلاء هويّات ممزّقة لا تحمي أصحابها من صقيع العزلة، وهذا ما جعلني أعتني بفحص هويّتي الشخصيّة أوّلًا، الهويّة التي لم تقلقني يومًا قبل هبوب العاصفة التي ذهبت بالبلاد والأوتاد. لم تعد المعاجم وحدها ما يشغلني، أو الفرق بين همزتَي الوصل والقطع، والهمزة المتطرّفة والهمزة المتوسّطة، وحذف حرف العلّة من آخره. تراكمت كتب أخرى فوق مكتبي، على هيئة جثّة ديناصور محنّط. هكذا غاصَ معجم «تاج العروس» تحت أكوام كتب التاريخ التي لم تكن من اهتماماتي قبلًا، ذلك أنّ عملي الأساسيّ في دار نشر تراثيّة، تعتني بطباعة المخطوطات والكتب القديمة، مكّنني من الاطّلاع على نوعيّة أخرى من الكتب التي

كانت ممنوعة، أو تلك التي تُباع سرًّا. كنت أسمع بابن تيمية عرضًا، لكن ما إن خرجت كتبه المحظورة من المخازن في ظلّ الفوضى التي عمّت البلاد، حتّى أُتيح لي أن أقرأ عناوين بعض كتبه، ومقتطفات منها، مثل «درء تعارض العقل والنقل»، و«السياسة الشرعيّة لإصلاح الراعي والرعيّة»، و«الاستقامة»، إضافة إلى ورود اسمه يوميًّا تقريبًا (بالهاء تارةً، والتاء المربوطة طورًا)، في المقالات المكتوبة للموقع الإلكترونيّ، والتي تحضّ على نبذ فتاواه وتطرّفه الدينيّ ومنهجه التكفيريّ، لكنّني كنت أذهب إلى لغته في المقام الأوّل، أتأمّل بشغف تلك العبارات المصقولة، كما لو أنّها منحوتة بإزميل، بصرف النظر عن مقاصده وتحذيراته وفتاواه، كقوله «القلب يصدأ كما تصدأ المرآة»، و«إذا قسا القلب قحطت العين»، و«الاستغفار صابون العصاة». في الفترة المضطربة نفسها، غزت المكتبات ومواقع الكتب الإلكترونيّة كتب تتعلّق بتاريخ الطوائف، والملل والنِّحل، في حرب شرسة لا تقلّ ضراوة عمّا يجري على الأرض. طائفة تنبذ الأخرى، تمجيد الذات، وهجاء تعاليم الخصم. صفحات مكتوبة ببلطة وليس بريشة نسر، بالدم لا الحبر، بالبغضاء لا بالإلفة. هكذا انزلقتُ مرغمًا إلى قراءات متضاربة، في حروب الحبر، وصراع المذاهب، وهل أنا من «أهل ضرع أم أهل زرع»؟ كنت أتأرجح بين مشهدين متناقضين: علمانيّة بلاستيك مصطنعة، في كتابات الموقع، ونفعيّة دينيّة، في قبو دار النشر. أجساد مكشوفة هنا، وأخرى محتشمة هناك. زجاج شفّاف، وحجارة عتيقة. وكان عليّ أيضًا، طلبًا للنجاة الموقّتة، أن أغوص في تاريخ أسلافي، وفقًا لحكايات شفويّة مرتجِلة، تنقصها الدقّة عمومًا، سواء في تسلسل شجرة العائلة، كتغييب سيرة أحد الأجداد، وحضور سيرة آخر، أو لجهة كتمان حيثيّات تلوّث صفاء ماء الحكاية.

***

لستُ ممّن يرغب في الإنصات إلى حكاية مكتملة، ومسبوكة بإحكام، الحكاية التي لا تحتاج إلى غربال لمعرفة نسبة الحصى في الرمل، أو نسبة الزؤان إلى القمح. أقول لنفسي، ما جدوى عبور طريق معبّدة إلى نهايتها، من دون منعطفات مباغتة، أو حفرة في الإسفلت، أو عطل طارئ في محرّك العربة، كأن يفرغ خزّان الوقود، في ليل متأخّر ومعتم ومخيف، أو أن يقتحم وحش هذا الخلاء؟ الوحش الذي تقوده الرائحة وحدها إلى عزلة كائنٍ آخر، كان يروي حكايته أمام مرآة مكسورة، غير مكترث بدقّة التواريخ والوقائع والخرائط، كما لو أنّ هذا الوحش يعرف تفاصيل الحكاية قبل مجيئه، وتاليًا لا ضرورة لشرح أو تفسير أو فحص أسباب طعنة قديمة في الذراع، أو ندبة في طرف الحاجب الأيمن، أو جرح في كعب أخيل. هذا الوحش هو الحبّ! الوحش الذي علّمني معنى لذّة الألم، ومشقّة الفقدان، ورقّة تشابك الأصابع، وكيفيّة انزلاقها نحو تضاريس غامضة، بقصد تمجيد ملمس الزغب، واستنفار الخلايا النائمة في الظلال. وحش الحبّ أيضًا، قد يأتي على هيئة قاطع طريق: بضربة سكّين حرير واحدة يدلق الأحشاء، يمزّق طمأنينة الرئتين، يحزّ بسكّينه على العنق، فتفقد النطق تمامًا، كما لو أنّك في غيبوبة لذّة كبرى، لن تصحو منها أبدًا.

(قبل ثلاث سنوات وسبعة أشهر، كانت ثريّا صبّاغ تلك السكّين التي من حرير).

***

كان جدّي الحادي عشر وحشًا أعمى بسلالة طويلة من الأسلاف، يتبع أنفه في اصطياد طرائده، ما إن يشمّ رائحة امرأة على بعد أميال، حتّى يستدير بفرسه إلى جهة الرائحة، متخلّيًا عن قطيع من الثيران التي غنمها من غزوة ما، ووفقًا لما أنبأتني به عرّافة غجريّة، إثر قراءة خطوط

يدي اليمنى، فإنّ زمرة دمي تتقاطع مع زمرة ذلك الجدّ الخرافيّ، الجدّ الذي ضاع اسمه تحت رمال الصحراء، في قبرٍ مجهول، بعد أن خطف امرأة من حضن زوجها، في ليلة شتائيّة عاصفة. وفقًا لروايات متواترة، فإنّه ثبّتها وهي شبه نائمة تحت إبطه، ثمّ رفعها بذراع واحدة إلى ظهر فرسه، وقطع جبالًا ووديانًا، مسيرة ثلاثة أيّام، إلى أن اختفى أثره تمامًا عن نظر خصومه.

وكان جدّي الأوّل يجلس أمام عتبة مضافته، بعينين ضيّقتين، وسبحة طويلة من العاج، يتأمّل سرب حجل، وبزفرة طويلة يطلق حسرة مكتومة على هشاشة قلب جدّي الحادي عشر الذي استبدل – في غزوته تلك – امرأة بثورٍ سمين. أوصاني ألّا أشبهه في هشاشة القلب وسوء البصيرة، بعد أن أطعمني قلب ذئب اصطاده داخل مغارته، في الكهوف المتاخمة لأرضه التي استولى عليها من قبيلة أخرى بقوّة السيف. أنّبتني جدّتي، ونحن عائدان من زيارة قبر أمّها، وكنت أنتحب بمرارة، كعادتي كلّما ذهبنا إلى المقبرة «كأنّ جدّك قد أطعمك قلب طائر وليس قلب ذئب»، ثمّ سبقتني بخطواتٍ عجلى، وهي تردّد أشعارًا قديمة لطالما سمعتها منها، وهي تغزل الصوف أمام عتبة البيت، عن فراق الأحباب، وقسوة العيش، وسوء تدبير الأقدار.

هناك أيضًا، وحش الكراهية، حين تجد نفسك في مواجهة البرابرة بمختلف أصنافهم، وحيدًا، وأعزل، وتائهًا، بين الخرائط، مثل حلزون مكسور الظهر، أو مثل كركيّ على طرف مستنقع، تقف على ساقٍ واحدة كي لا تقع – بغفلةٍ منك – في المياه الضحلة، وكي لا يتلطّخ بياض جناحيك بطعنة سوداء داكنة من وحل الآخرين وآثامهم.

جدّتي، هل أطعمني جدّي قلب ذئب حقًّا؟

2

الصورة التي أحضرها الجدّ الثاني من مكانٍ مجهول، موكّدًا أنّها شجرة نسب العائلة، كانت بأغصان متشابكة للأسماء، مكتوبة بخطّ يدويّ أقرب ما يكون إلى الخطّ الرقعيّ، ثبّتها بمسمار صدئ في صدر غرفة الضيوف، لإضفاء مهابة على هذه السلالة المباركة التي تنتهي في شجرة نسبها، بحسب ادّعائه، إلى أولياء صالحين تمتدّ قبورهم إلى الأراضي المقدّسة في مكّة، وما إن أنهى تثبيتها على الحائط، حتّى أوصى بذبح ثلاثة عجول، وإقامة وليمة عظيمة تليق بهذه المناسبة. الصورة المباركة وقعت عن الحائط، ذات يومٍ عاصف، وتمزّقت أطرافها، ما اعتبره الجدّ الثاني ساعة شؤم مؤكّدة: بانتهاء العاصفة الرمليّة التي استمرّت نحو ساعتين، وتكشّف الغروب عن ضوء أصفر شاحب، وصل جثمان ابن شقيقه حصيني ذيب الهلاليّ مجندلًا على ظهر فرسه بطعنة في صدره، وأخرى في عنقه، كإشارة أولى إلى الشؤم. أمرَ الجدّ الثاني بدفنه في الليلة نفسها، خشية فضيحة تنكّس عقاله بين القبائل، فقد همس مغسّل الموتى في أذنه بضع كلمات كدّرت مزاجه تمامًا: إنّ القتيل فقد «محاشمه» بعمليّة انتقاميّة، نتيجة أحد أفعاله المشينة. أدرك الجدّ على الفور أنّ ابن شقيقه حمل لوثة العشق

من الجدّ العاشر الذي مات مقتولًا بحادثة مشابهة، قبل سنواتٍ طويلة، وقرّر أنّ سلالته في طريقها إلى الانقراض، ذلك أنّ عشّاقها باتوا أكثر من محاربيها وغزاتها وذئابها.

كان طائر بوم يحلّق قريبًا من حجرة غسل الموتى كعلامة إضافيّة على ما كان يفكّر فيه الجدّ الثاني في المصير المشؤوم الذي سيفجع سلالته المباركة، بمصائب مقبلة.

لا أحد يعلم أيضًا، كيف وصلت تلك النسخة النفيسة من كتاب «حياة الحيوان الكبرى» لمؤلّفه كمال الدين بن محمّد الدَّميريّ إلى خزانة الجدّ الثاني، أو الهلاليّ الكبير، وفقًا للقب الذي منحه إيّاه الرواة، فهناك من يؤكّد أنّه جلب هذا الكتاب الملعون من إسطنبول، في إحدى رحلاته الغامضة إلى الشمال أثناء عمله في تهريب التبغ، وآخرون يعيدون هذه النسخة إلى طبعة بولاق التي نُشرت في القاهرة أوّل مرّة، في عشرينيّات القرن السادس عشر، أهداها إيّاه تاجر حبوب مصريّ، كان يتردّد سنويًّا إلى تلك الأراضي البعيدة لشراء المحاصيل الوفيرة من القمح. النسخة التي حفظها داخل غطاء من المخمل لا يخرجها من مكانها إلّا صبيحة ولادة طفل لواحد من أبنائه أو أحفاده.

كانت صفحات الكتاب مرتّبة وفقًا لحروف الهجاء العربيّة بأسماء نحو ألف حيوان وطير. كان الجدّ يفتح الكتاب بخشوع، على صفحة ما، لا على التعيين، وسيكون اسم الحيوان الموجود في الصفحة التي وقع خياره عليها هو اسم المولود الجديد، مع مراعاة الضرورة اللفظيّة لاسم الذكر أو الأنثى، وعلى الرغم من احتجاجات الآباء والأبناء على أسماء يختارها الجدّ، نظرًا إلى دلالاتها السلبيّة، أو غرابة لفظها، وصعوبة نطقها، إلّا أنّ الأمر لا يتجاوز السخط الموقّت فحسب، إذ يستحيل تغيير الاسم مهما كان قبيحًا أو مثيرًا للسخرية.

لا أملك تفاصيل واضحة عن حياة الجدّ الثاني المدعوّ الهلاليّ الكبير الذي مات بالزهايمر (هل التاريخ هو نوع من النسيان؟). صورة باهتة بالأبيض والأسود، التقطها مصوّر مجهول بكاميرا بدائيّة، أعادت لي بعض ملامحه القاسية. كان يقف أمام حائط من طين لبيت قديم، ويحمل بندقيّة من طراز قديم، بعينين ضيّقتين، وطيف ابتسامة ماكرة. لا أحد يعلم أيضًا، كيف تعلّم الجدّ القراءة والكتابة، ربّما على يد وليّ عابر، أو أثناء اختفائه سنوات في الصحراء، قبل أن يعود مع زوجة ثانية من قبيلة ينتمي رجالها إلى قطّاع طرق شديدي البأس، كانوا يسلخون جلود خصومهم بسهولة شرب الماء.

خلال مراجعتي نسخة حديثة من «حياة الحيوان الكبرى» بعد أن فُقدت النسخة الأصليّة من خزانة الجدّ الثاني، أثناء فوضى اقتسام غنائمه، ليلة موته، على الأرجح بتدبير من أحد أبنائه، لفتت انتباهي معلومة ثانويّة تتعلّق بحياة الدميريّ نفسه، تفيدُ بأنّه كان حائكًا قبل أن يتّجه إلى العلم وتأليف مصنّفه هذا، لكنّني أُعجبت بمهنة الحياكة عمومًا، وحياكة الحكايات ثانيًا، مقارنًا ذلك بحركة المغزل بين يدي جدّتي المنقوشتين بوشوم سحريّة، وذلك الوجع العميق في حنجرتها، وهي تستعيد بشجن أصداء غزوات الأجداد.

كنت أخصّص ليلة لكلّ فصل من فصول الكتاب، أتوقّف مليًّا عند الأسماء التي وقع عليها الجدّ في تسمية أفراد عائلته الكبيرة، ودرجة الشبه بين طبائع الحيوان، ومسلك صاحب الاسم، في ما يتعلّق بأصغريه «القلب واللسان»، أو العاطفة والعقل، وهل كان جدّي الأكبر ذئبًا أم باشقًا، دنيويًّا أم روحانيًّا، صلبًا أم هشَّ القلب؟

في باب الذال من كتابه، يروي الدميريّ أنّ للذئب في الصبر على الجوع ما ليس لغيره من الحيوان عدا الأسد، يحتمل أن يبقى أيّامًا لا يأكل، وإذا لم يجد ما يأكله اكتفى بالنسيم، فيقتات به، وهو

موصوف بالانفراد والوحدة، وإذا أراد العدوَ فإنّما هو الوثب والقفز، ولا يعود إلى فريسة شبع منها أبـدًا. ينام بإحدى مقلتيه والأخرى يقظى، وفيه من قـوّة حاسة الشمّ أنّـه يـدرك المشموم من فرسخ. والذئب إذا كدّه الجوع عوى عواء استغاثة، فإن أدمى الخصم واحدًا منها، وثب الباقون على المدمّى فمزّقوه. لو لم يكن جـدّي الأكبر ذئبًا، أقول لنفسي، لِمَ قطع كلّ هذه الفراسخ واحتمل الطعنات، وقوّة البأس، ليؤسّس سلالة الطين بدلًا من فيء شعر الماعز وضراوة حرّ الصحراء ورمالها، وفي المقابل، احتفظَ بجناحي الباشق في غزواته التي كان يعود منها ظافرًا بقافلة من النوق، أو بحصان، أو امرأة؟ نساء بدويّات وكرديّات وأرمنيّات ويزيديّات، اختطفهنّ من جغرافيّات متباعدة، أنجبن منه أطفالًا بسحنات مختلطة، وكان على الآخرين، للتفريق بين هؤلاء، مناداتهم بألقابهم، بدلًا من أسمائهم الأصليّة التي سيصيبها النسيان سنةً وراء أخرى: ابن الأرمنيّة، أو ابن الكرديّة، أو ابن اليزيديّة، حتّى أنّني حين أصادف أحد أحفاد هؤلاء المهجّنين اليوم، في شارعٍ ما، يتطلّب التعرّف إلى أحدهم تذكّر اسم جدّته الأولى، وإن كان الأمر لا يحتاج إلى فراسة دقيقة لبدويٍّ مثلي. تكفي نظرة عجلى إلى لون عينيه، أو شكل أنفه للتأكّد من هويّته الأولى: نظرة ذئب، أم منقار باشق، حفيد جدّة محزونة خطفها الجدّ من حضن زوجها، بعد أن قيّده برسن بقرة لإذلاله، أم حفيد غزالة وقعت بغرامه ما إن ترجّل عن فرسه كعابر طريق، أراد أن يملأ قربته ماءً ويمضي؟

وفقًا للمرويّات المحلّيّة، فإنّ الجدّ ابتعد بفرسه مسافة غياب شمس، من ذلك اليوم القائظ، مقلّبًا المسألة في موقد الشبق، من دون أن تفارقه ابتسامة تلك المرأة، وكحل عينيها، ووشم يدها التي ناولته بها قربة الماء، وبالطبع رائحتها التي قادته لاحقًا إلى تخوم مخدعها. أحسَّ بقلب الطائر يخفق بين أضلاعه، لا قلب الذئب، مثلما

حدث لعمرو بن حزام «لقد تركتْ عفراء قلبي كأنّه / جناح عقابٍ دائم الخفقان». الاستعانة ببيت الشعر هذا، في توصيف اضطرابه، افتراض محض من قبلي، ذلك أنّ سيرة الجدّ الحادي عشر، أو الأكبر، تحتمل فرضيّة كهذه، في حيرته وتقلّباته وتخبّطه بين القسوة والهشاشة، بدليل أنّه عاد إلى مضارب تلك الغزالة واختطفها في الليلة ذاتها، بحسب المسامرات التي كان يتداولها أحفاده على أنّها وقائع مؤكّدة، رغم أنّه لم ينجب منها طفلًا واحدًا، وقد ماتت بعد حولين من تلك الواقعة، ربّما بتأثير وصفة طبيب عابر، نصحه بأن يتناول مزيجًا من العسل ومرارة ذئب وخصية عجل لتقوية الباه، وكان أن وطأها تسع مرات متتالية خلال ليلة واحدة، فكانت ليلتها الأخيرة، وفجيعته الكبرى، مقارنة بحزنه على فقدان نسائه الأخريات، والتي انتهت بموته في فراشها، بعد ثلاثة أسابيع من غيابها، صبيحة يومٍ ماطر.

3

باب الثاء من كتاب الدميريّ، فتحَ أمامي سيرة أحد أبناء السلالة المنسيّين عنوة، ما جعلني أتساءل: هل كان للمدعوّ الحصيني ذيب الهلاليّ من اسمه نصيب؟ على الأرجح، فإنّ الجدّ الثاني قد أهداه هذا الاسم بمشيئة محتوى هذا الكتاب الرجيم، فكان أن فُتح الكتاب على الصفحة التي تضم الأسماء التي تبدأ بحرف الثاء، ولأنّ «الثعلب» في المعجم البدويّ يحمل لقب «أبو الحصين»، أو الحصيني فقد التصق به مثل أيّ اسمٍ أصليّ، وهو ما اضطرّه إلى أن يعزّز صفات الثعلب في سلوكه لجهة المكر والمراوغة والدهاء، بغزوات خاطفة إلى القبائل المجاورة، من دون أن يتوغّل في عمقها، على عكس ما كان يفعله الجدّ الحادي عشر في غزواته الوحشيّة. كان أبو الحصين دريئة للسخرية في المجالس، إذ يفتقد سجلّه إلى أيّ أفعال بطوليّة تستحقّ أن تُروى أمام عتبات البيوت، أو في المضافات، فهو لم يلوّث خنجره بأكثر من دماء ديوك الدجاج والبطّ والحبارى، حتّى أنّه لم يذبح خروفًا طوال حياته، أو أن يطلق رصاصة خردق على سرب حجل، وما زاد جرعة السخرية تجاهه، اهتمامه بصيد الجرابيع، هذه المهمّة التي تليق بالرعاة وليس بأبناء ذيب الهلاليّ القساة، فهو منذ أن وقع سرًّا، على

كتاب الدميريّ، في خزانة الجدّ الثاني، غرق بقراءة طبائع الحيوان، واكتشف أوّلًا، الطريقة الناجعة نحو الجحور السرّيّة للجربوع، الجحور التي تتوزّع إلى أكثر من جهة بقصد الهرب في حال الخطر، فكان يبول في مدخل جحر حتّى يخرج الجربوع من مكمنه فيمسك به ويربط ذنبه بخيطٍ طويل كي يدلّه على جحور الجرابيع الأخرى، عائدًا من رحلة القنص بصيد وفير. ثمّ تعمّق بقراءة الوصفات الطبّيّة الواردة في هوامش صفحات الأسماء، والمستخلصة من أجزاء الحيوان، تلك التي تفيد في مقاومة الصداع، والعمى، والباه، وخروج الحصاة من المثانة، والبثور، والحكّة، والجذام، والبهاق، وأمراض أخرى مستعصية. اعتزل الحصيني في مختبره مثل خُلد، بعد أن أحدث ثغرة على هيئة باب في غرفة جانبية من بيته، تخفيها ستارة مصنوعة من وبر الماعز، مجرِّبًا وصفاته المستحدثة التي كانت تفتقد عناصر ضروريّة أوردها الدميريّ في كتابه، مثل بعر الضبّ، ومخّ الوعل، وماء الكرفس، وكبد الأرنب. ثمّ إنّه لم يعبأ بما يخصّ «الإباحة» والحظر في التعاليم الدينيّة، وربّما هذا ما قاده إلى تلك الميتة الشنيعة، ليدفن من دون «محاشمه»، ففي غيبته الأخيرة التي طالت إلى نحو ثلاثة أشهر، تصرّف كطبيب جوّال في جبال وقرى بعيدة، بجراب محشوٍّ بوصفات وأدوية اخترعها بنفسه، مستبدلًا مخّ الوعل بمخّ ديك، والزعفران بنباتات سامّة، التقطها من البرّيّة من دون خبرةٍ، أو فحص لفوائدها في علاج الأمراض، كما جازف باستبدال بعر فأر، ببعر الضبّ، وهو حين دخل مخدعَ امرأة كانت تحت تأثير غيبوبة طويلة، فشل أكثر من طبيب في معرفة سبب علّتها المزمنة، أمرَ بإخلاء الغرفة وإغلاق الباب ومعرفة اسم المرأة. احتجّ زوجها بجلافة على مطلب الرجل الغريب الاستفراد بامرأته، لكنّه اضطرّ أخيرًا، إلى أن يوافق على مضضٍ، وأن تراقب إحدى نساء العائلة ما يحدث في الداخل من شقوق

النافذة الوحيدة في الغرفة. كانت المرأة التي تدعى عنود ممدّدة فوق فراشها كالموتى بأغطية ثقيلة تهبُّ منها روائح غامضة. أخرج من خرجه زجاجة تحتوي على ماء القرنفل، ورشَّ قليلًا من الماء المعطّر فوق وجهها الشاحب، ثمّ مسح بأصابع مرتجفة فوق شفتيها الذابلتين، فلم ترمش عينيها المغمضتين، أزاح الأغطية جانبًا، ووضع رأسه بشكلٍ مائل فوق صدرها، لينصت إلى نبض قلبها، كان قلبها واهنًا مثل قلب عصفور، إلّا أنّه انتبه إلى ثديين صلبين ونافرين تحت ثوبها الثقيل. فكَّ زرّ الثوب المطرّز بورود ملوّنة، وشمّ رائحة عرقها، وانزلق بنظره إلى بياض ساقية ثدييها، قبل أن يكشف عن أحدهما. كانت حلمة ثديها داكنة وتميل إلى الزرقة، حلمة ذابلة مثل زهرة عطشى، تحيطها دائرة سوداء واسعة. تلفّت حوله بنظرة ماكرة، ضغط على الحلمة بسبّابة يده، ثمّ مسحها بماء القرنفل، وألقمها شفتيه، فأحسَّ أن نبض صدرها ازداد قليلًا، فأعاد التجربة على الحلمة الثانية، فاستجابت على نحوٍ أفضل. رفع ثوبها إلى أعلى صدرها بحذر، وتوقّف عند سرّتها. كانت غائرة عميقًا، فضغط عليها بسبّابته على نحوٍ لولبي، صعودًا ونزولًا نحو بطنها، لكنّها لم تستجب بأيّ إشارة مطمئِنة، فانحدر بحذر أكبر إلى أسفل قليلًا. سعلت المرأة التي كانت تراقبه من شقوق الشبّاك، فتراجع صعودًا. أخرج من خرجه حنجورًا من خمائر أعشاب، لم يجرّبها قبلًا على أحدٍ من مرضاه، بلّل إصبعه بالسائل ودهن حلمتيها وبطنها وجفنيها بليونة، وقد تصبّب عرقه من الشهوة، مستحضرًا شبق سفاد الثعالب. ألقى نظرة نحو وجهها، كانت قطرات عرق تسيل نحو ساقية صدرها ببطء، فرمشت عيناها، ثمّ شهقت لمرأى رجل غريب يكبو فوقها، فأطلقت صرخة استغاثة، سمعها من في الخارج. اقتحم زوجها الذي كان يقف وراء الباب المغلق عتبة الغرفة على الفور، بقرني ثورٍ هائج، بعد أن خلع دفّتيه بكتفه، فباغته مشهد الطبيب منكبًّا فوق

بطن امرأته المكشوف، مثل ثعلب على وشك أن ينهي التهام عظام دجاجة، وقبل أن ينهض الطبيب مرتبكًا من فعلته، محاولًا تفسير موقفه، وحسن نيّته، عاجله الزوج بطعنه من خنجره في عنقه، وألحقها بطعنة أخرى في صدره، من دون أن ينصت إلى حشرجة حنجرته، إذ كان يحاول أن يفهمه ما حدث. سحله الزوج إلى معلف الدوابّ، غير عابئ بدمه الذي أغرق جلبابه الأبيض، ثمّ ربطه برسن بقرة. مسح خنجره من الدم بباب المعلف قبل أن يغلقه جيّدًا. ما إن أعتمت العين قليلًا، حتّى تسلّل الزوج وشقيقه الأصغر نحو المعلف، بعد أن سنَّ خنجره بحجر صوّان. كان الطبيب ينزف بغزاره بعينين مطفأتين، وببقايا روح. طلب الزوج من شقيقه أن يرفع جلباب الطبيب إلى الأعلى، وبضربة واحدة من خنجره بتر عضوه وخصيتيه، من دون أن يعبأ بصراخه المكتوم، ثمّ حملاه إلى مكان فرسه ووضعاه مجندلًا على ظهرها، انتظرا ابتعاد الفرس وراء الوهاد القريبة عائدةً بجثّة الطبيب إلى دياره، ثمّ اغتسلا من الدماء وأكملا طقوس الوضوء، ثمّ توجّها إلى المضافة لأداء صلاة العشاء.

كما هو متوقّع، لم يفكّر آل الهلاليّ بالثأر لدم رجلهم، فقد أمر الجدّ الثاني بطي اسم «أبو الحصين» من سجلّ نفوس العائلة، ذلك أنّ للحكاية جناحين تطير بهما خارج قفص الجدران الكتيمة لترتحل من مكانٍ إلى آخر كفضيحة علنيّة، وكلّما ابتعدت من موقعها الذي حدثت فيه، زاد خفق الجناحين سرعةً، بقوّة التوابل المضافة إلى الوليمة الأصليّة، فبحسب حكمة الجدّ في حسم هذه الفضيحة ودفنها في مكانها: «خسرنا عاشقًا خسيسًا، ولم نخسر محاربًا»، لاعنًا مورثات الجدّ الحادي عشر، والجدّ الرابع الذي لا يقلّ طيشًا وشبقيّة عن سلفه في العشق والشهوانيّة والمغامرة، المورثات التي تسلّلت إلى هذا الحفيد الذي يستحقّ «جحر ابن آوى» لدفنه، وليس قبرًا.

وكأنّ هذه الفضيحة لا تكفي لإذلال تاريخ العائلة، إذ تسرّبت، بعد أيّامٍ قليلة، أقاويل تتعلّق هذه المرّة بضحيّة أبي الحصين «عنود» بأنّها حفيدة غير شرعيّة للجدّ الرابع الذي التحق بسلاح الخيّالة في الجيش العثمانيّ، أوائل القرن العشرين، وكان أن قاد حملة في الصحراء لجمع المؤونة للجيش الانكشاريّ، ثمّ اختلى بالجدّة التي سحره جمالها، في ممرّ بين أكياس القمح والشعير المكدّسة خلف بيت الشَّعر، وقد استدرجها إلى هذا المكان، بعد طلبه منها أن تحضر له طاسة من اللبن الرائب لإرواء عطشه، لكنّه ما إن حاول الاقتراب منها، وضمّها نحوه بتمام شبقه، حتّى دلقت طاسة اللبن في وجهه، فوطأها عنوة، فوق أحد الأكياس، ولم يعد بعد ذلك التاريخ إلى مضارب قبيلته، مؤسّسًا فخذًا فرعيًّا لآل الهلاليّ في ديار بكر، بأفول الخلافة العثمانيّة من البلاد، وفي رواية أخرى، فإنّه استقرَّ في قونيه، على مقربة من ضريح مولانا جلال الدين الروميّ، كواحدٍ من الزهّاد، وصاحب طريقة صوفيّة معروفة.

4

هلاليّون أم صوفيّون أم قطّاع طرق؟ لا وثيقة دامغة تؤكّد الجذور الحقيقيّة لهؤلاء الأسلاف الذين تناسلوا في أشعار شعراء الربابة الجوّالين، كغزاة وأصحاب كرامات وعشّاق مخذولين، ثمّ تعهّد الرواة بترميم ثغرات الحكاية بما يتوافق مع أنساب عشائر الأنوف الشامخة، بقوّة الأمثال و«ميل المغلوب إلى الغالب»، وإذا بقنص أرنب مذعور يتحوّل عراكًا دمويًّا مع ذئب، أمّا قتل أفعى طولها ثلاثة أشبار، فسيتكفّل الراوي بإضافة ثلاثة أذرع طولًا، وثخن قدم فيل عرضًا، وإلّا تضاءلت قيمة الأمثولة، تاركًا الجيف لضباع العشائر الأخرى تلهو بالعظام.

في هذا المقام، يذكر أبو إسحاق أحمد الثعلبيّ في «الكشف والبيان» لجهة تضخيم وقائع حادثةٍ ما: «كان عرش بلقيس ثلاثين ذراعًا وارتفاعه في الهواء ثلاثين ذراعًا»، وقيل: «كان ثمانين في ثمانين»، وقيل أيضًا: «كان طوله ثمانين ذراعًا، وعرضه أربعين ذراعًا، وارتفاعه ثلاثين ذراعًا».

انصبّ اهتمامي أوّلًا، على قراءة تاريخ القبائل البدويّة، ولحظة اشتباكها مع هواء المدن، والانتساب إلى دوائر النفوس بقوّة القوانين الحكومية من جهة، وبإغراء تثبيت ملكيّة الأراضي التي كانت مشاعًا

بأوراق رسميّة و«قواجين» وأختام وبصمات الإبهام، من جهةٍ ثانية. كان كتاب «البدو» للمستشرق الألمانيّ ماكس فون أوبنهايم، دليلي إلى تاريخ أسلافي وهجراتهم وخرافاتهم، فهو ينفي التوثيق التاريخيّ الدقيق الذي تستند إليه هذه الهجرات، مشبّهًا التاريخ المتداول عن الأصول بحكايات السمر، كما سيختزل هذا التاريخ بثلاث كلمات (الإطراء، التفخيم، التعظيم)، وبناءً على هذه الرافعة البلاغيّة، سأجد تفسيرًا صريحًا لكلّ المرويّات التي كان يتناقلها الآباء عن الأجداد، من دون سند، إذ يصعب أن نجد في متن حكاية ما، جدًّا مذمومًا، أو محتقرًا، أو ذليلًا، وسوف تستمرّ هذه الديباجة إلى اليوم، بما يخصّ صورة الزعيم لجهة الحكمة والشجاعة والعظمة، وتناسل الخطب التاريخيّة.

***

في ظهيرة يوم صيفيّ حارّ، حضرت لجنة حكوميّة لتقدير أعمار الأطفال وتسجيل تواريخ ولاداتهم تقديريًّا، إلّا أنّ نباهة الجدّ الثاني ألهمته بأن استدعى أطفالًا، أصغر عمرًا، لا ينتسبون إلى سلالته، على أنّهم أحفاده، لخشيته القديمة من إرسالهم باكرًا إلى الجنديّة الإلزاميّة، وكي لا تتكرّر سيرة الجدّ الرابع الذي التحق في لحظة طيش بفلول الجيش الانكشاريّ، واختفت أخباره منذ ذلك الحين، عدا حكايات مبتورة بلا يقين. على أنّ لعنة هذا الجدّ ستصيب العمّ الخامس الذي تطوّع سرًّا في الهجّانة، أو ما يسمّى حرس الحدود. أغواه زيّ الهجانة: بزّة عسكريّة من الكاكي، وعقال تتوسّطه صورة نسر مذهّبة، وكوفيّة حمراء على الرأس، وبندقيّة محشوّة بالبارود، ودوريّات ضدّ المهرّبين على ظهور الإبل. كان العمّ مهرِّبًا مرًّا وشجاعًا، يعرف خرائط الممرّات الحدوديّة الآمنة، وكيف يعبر بقوافل سعف التمر والتبغ والشاي السيلانيّ والصابون المعطّر،

من دون أن تباغته دوريّة هجّانة. كان يوقد نارًا في جهة، ثمّ يكمن بعيدًا منها، وحين تصل الدوريّة إلى المكان، يتسلل من الجهة الأخرى عابرًا الحدود باطمئنان، إلّا أنّه ضجر من هذا العمل الشاقّ في مراوغة الدوريّات والاشتباك معها، وبحسبة بسيطة لجهة الربح والخسارة، قرّر أن يتطوّع بالهجّانة، وأن يتقاسم الغنائم مع المهرّبين أنفسهم. سخطُ الجدّ المعلن لم يمنعه، في سريرته، من الإعجاب بمغامرة العمّ الخامس، فسلالته التي فقدت معظم رجالها القساة، سواء بالأمراض السارية أو الشيخوخة، أو الهجرة، باتت تحتاج إلى من يرتدي البزّة العسكريّة كنوع من الوجاهة والحماية والسطوة، وإن افتقدت بزّة العمّ نجومًا تلمع فوق كتفيه، كما كان يتمنّى، إلّا أنّه خلال سنوات قليلة عوّضَ فقدان بريق النجمة بثروة جمعها من المهرّبين كشريك سرّيّ لهم، قبل أن يبدّدها في مخيّمات الغجر، لكنّ العمّ بعينين زرقاوين وشعر أشقر كحفيدٍ أصيل لجدّته الأرمنيّة، لن تعوزه الحيلة في ترميم انهياراته اللاحقة إثر طرده من الخدمة العسكريّة في سلاح الهجّانة، مستثمرًا خبرته في التهريب، فهو منذ لقائه العاصف مع منقّبة الآثار كارين سيمون ومساعديها الذين كانوا يفتشون عن كنوز الحضارات القديمة في التلال المجاورة، أحسَّ أنّه وقع على صيد ثمين، ففي ذلك اللقاء ادّعى أنّ هذه التلال ملك عائلته، ولا يجوز لغرباء العبث بعظام أجداده المدفونة تحت هذا التراب المقدّس. كان يكلّمها وهو يمتطي حصانه، مستعيرًا نظرة الذئب، وقد أخفى قلب الطائر بين أضلاعه كي لا تفضحه نظرته الشهوانيّة نحوها. ومن جهتها، وجدت كارين في هذا الرجل المتعجرف والصلب والوسيم ضالّتها. بدا لها أكثر ذكاءً من أقرانه، فعرضت عليه العمل معها كمتعهّد أنفار للحفر، مقابل أجرٍ أسبوعيّ يعادل ثمن عجل صغير. بروح الثعلب التي ورثها من سلفه أبي الحصين، وافق على العمل معها، وهو يضمر فكرةً أخرى، فقد أدرك

قيمة الفخّاريّات والأختام والأصنام، والعملات الصدئة المخبوءة تحت التراب، وبصفته الجديدة كمتعهّد عمّال حفريّات، قرّر أن يسطو على حصّته من هذه الكنوز، فنصبَ خطّة محكمة للسطو على قطعة الجبنة من فم الغراب. أوصى أحد العمّال المقرّبين منه، بأن يدفن ما يكتشفه من قطعٍ أثرية تحت التراب، لحظة انشغال الخبراء، ويحفر سرًّا ما يشبه قبرًا مفتوحًا له ويختبئ في داخله، وبعد مغادرة الجميع المكان، في نهاية ورديّة العمل، كان عليه أن يخرج في العتمة مثل خلد، ويتسلّل إلى مكان التمثال وإحضاره سرًّا، إلى حيث ينتظره العمّ. لم يكن يفهم الملاحظات التي كانت تكتبها كارين في مفكّرتها، ولا أهمّيّة الخرائط الملغّزة التي تسترشد بها في حفريّاتها، لكنّه عرف بفطنته أنّ هذه الخردة الصدئة تساوي قيمة كبيرة، وإلّا ما الذي أتى بهؤلاء الغرباء من ديارهم التي تبعد آلاف الأميال إلى هذه التلال الجرداء المهملة؟ كان يتأمّل بدهشة التماثيل الصغيرة التي غنمها في الأشهر الماضية وخبّأها في ركن من زريبة الأغنام، مستغربًا عري أحد الآلهة وعدم ستر أعضائه، ولماذا وضع المثّال القديم جناحين لرأس الثور، وما فائدة عملة معدنيّة لم تعد قيد التداول؟ طمع العمّ الخامس لم يتوقّف عند حدود السطو على بعض المكتشفات الأثريّة، إنّما تجاوزه إلى التلصّص على جسد كارين، أثناء زياراته المتكرّرة بيتَها لقبض الأجر الأسبوعيّ لعمّال الحفر، فهي كانت تستقبله وهي تلفّ جسدها بمنشفة، أو بثياب مكشوفة ومثيرة بالنسبة إليه، من دون أن تكترث لوجود رجل غريب، فهذه المرأة الخمسينيّة تبدو في عينيه أكثر نضارة من أصغر نساء عشيرته، لذلك كثيرًا ما استحضر عواءها المتخيّل إلى فراشه وهو يرهز فوق امرأته ليلًا، وهي شبه نائمة.

5

ولكن، كيف تفاهم العمّ الخامس مع خبيرة الآثار كارين سيمون؟ على الأرجح، كانت تخاطبه بعربيّة فصحى ومكسّرة كتلك التي يستخدمها الرحّالة والمستشرقون، وهو بالكاد التقط ما تعنيه بعبارة مثل «إنّنا ننقّب عن الآثار الهلنستيّة»، على أنّ راوي هذه الحكاية لم يفكّر قبلًا في أمور نافلة كهذه، فما كان يهمّه في المقام الأوّل هو تمجيد سيرة العمّ وبسالته في اقتحام المناطق المحظورة، وتلميحه إلى علاقة ما، نشأت بين العمّ والخبيرة الأجنبيّة بما يفيد مديح فحولته أوّلًا، ومكره في اصطياد طرائده، لا كثعلب، إنّما كذئب، وتاليًا وضعه في مرتبة أعلى ممّا يستحقّ في السيرة المرتحلة لآل الهلاليّ، وتشذيبها من شوائب الأفعال المخزية، تلك التي تحطُّ من قيمة الرجال.

بموت الجدّ الثاني، تحرّر رواة السيرة من سطوة صورته المذهّبة المعلّقة في صدر مضافته، فبدأت تتسرّب إلى متون الحكايات وقائع لم تكن ترد قبلًا، إلّا همسًا، تتعلّق بسلوكات بعض أفراد هذه السلالة، مثل مجيئها من شمال البلاد وليس من شرقها، وفقًا لادّعاءات الجدّ الأكبر، وتاليًا، نزع الدمغة الهلاليّة من جبين العائلة، ذلك أنّ الأعراف القبليّة المتواترة، نَسبتْ المتحدّرين من شمال البلاد إلى أقوام

جبليّة مجهولة الأصل، كمحصّلة لمذابح وتمزّقات وحروب خرائط، فيما رفعت من مقام الذين أتوا من جهة الشرق، فهؤلاء لم يتعرّضوا لانقطاعات قبليّة في خطّ سيرهم، ولم تخنهم وقائع الجغرافيا، وخرائط الترحال، وأصالة النسب. هذه الطمأنينة لصفاء الدم، لن تصمد طويلًا أمام فحص الوقائع، ففي متون حكايات أخرى، سترد سيرة الجدّ الحادي عشر على أنّه تحدّر من الجبال وليس من الصحراء، مطرودًا لا غازيًا، حافيًا لا خيّالًا، بفروة ممزّقة لا عباءة مطرّزة بخيوط الذَّهب، قاطع طريق لا حامي عشيرة، إلّا أنّ سطوته اللاحقة دفنت هذه السيرة تمامًا، ولصقتها باسم شخصٍ آخر، من قبيلة أخرى، بجرّة وتر ربابة، حول وليمة دسمة، في ليلة مقمرة. لم أستغرب تزوير سيرة الجدّ الحادي عشر بمثل هذه البساطة، فخلال عملي في دار النشر، واطّلاعي على عشرات الكتب والمخطوطات التراثيّة المحقّقة، بقصد تدقيقها لغويًّا وطباعيًّا، وملاحظة محتواها الفكريّ، بناء على طلب شخصيّ من صاحب الدار، اكتشفتُ أخطاء فادحة ارتكبها بعض محقّقي هذه الكتب لجهة التفسير والشرح والحذف والتحوير وسوء النسخ، تحت بند «نسخة منقّحة»، أو إقصاء عبارات تجافي هوى المحقّق، وهويّته المذهبيّة، كما ستتراكم الكوارث بغياب النسخة الأمّ، واعتماد نسخٍ مزوّرة. تكفي المذبحة التي طاولت كتاب «ألف ليلة وليلة» كمثل على ما أصاب هذا الكتاب من طعنات بخناجر المحقّقين، وذلك بحذف عبارات اعتبروها تفتقد الاحتشامَ، وإضافة ليالٍ لم تكن موجودة في النسخة الأمّ.

يروي الرحّالة الحلبيّ حنّا دياب في مذكراته «من حلب إلى باريس» فصولًا من مغامرته الفريدة بصحبة المستشرق الفرنسيّ بول لوكا، أوائل القرن الثامن عشر، فهو كان على وشك أن يصبح راهبًا في أحد الأديرة في جبل لبنان، لكنّه لم يتردّد بقبول عرض الرحّالة

الفرنسيّ بأن يكون ترجمانًا له، إذ كان يجيد الفرنسية إلى حدّ ما، ويقرأ العربيّة. كان بول لوكا موفدًا من لويس الرابع عشر «سلطان فرنسا» بقصد جمع المخطوطات والأعشاب الطبّيّة واللقى والعملات القديمة والأختام والمسكوكات الأثريّة من الشرق، فوجد في هذا الفتى الحلبيّ مراده لجهة الترجمة، كما وعده بأن يؤمّن له عملًا في خزانة الكتب العربيّة في باريس. المخطوطة التي سجّل فيها محطّات رحلته، وصلت إلى مكتبة الفاتيكان كهديّة من القسّ الحلبيّ بولس سباط، العام 1926، قبل اكتشافها أخيرًا (1993). لكنّنا لا نعلم لماذا دوّن يوميّاته في أواخر أيّام حياته، ذلك أنّ الرحلة التي امتدّت نحو ثلاث سنوات (1707-1709) سيجرى تدوينها بعد نحو 50 سنة على أحداثها، وكان راويها تجاوز السبعين من عمره.

عدا وصف البلدان وطبائع البشر وأصناف الطعام، وذكر القراصنة والبرابرة وقطّاع الطرق، تنطوي رحلة حنّا دياب على موهبة فذّة في السرد، فهو حكّاء من طراز خاصّ، بذاكرة متوقّدة تعتني بأدقّ التفاصيل التي كابدها خلال رحلته. على أن قارئ هذه المخطوطة سيفاجأ بأنّ صاحبنا قد التقى المستشرق أنطوان غالان في باريس، وهو أوّل من ترجم كتاب «ألف ليلة وليلة» إلى الفرنسيّة، بعنوان «الليالي العربية». كانت النسخة غير مكتملة، فلجأ غالان إلى الرحّالة الحلبيّ لترميمها بقصص شعبيّة من الشرق، وإذا به يهديه حكايتين باتتا من أشهر الليالي هما «علاء الدين والسراج السحريّ»، و«علي بابا واللصوص الأربعون الذين أهلكتهم جارية»، إضافة إلى ترميم حكايات أخرى. لكنّ غالان الذي كان يعمل قيّمًا على المكتبة الملكيّة، سيتمكّن من إبعاد حنّا دياب من باريس بمكيدة، خشية أن يفقد وظيفته لمصلحة الأخير، إذ أغراه بوظيفة وهميّة مشابهة لوظيفة معلّمه الأوّل. اللافت هنا أن أسلوب حنّا دياب في تدوين

رحلته يقارب أسلوب «ألف ليلة وليلة» في بناء الحكايات المتوالدة، والانتقال برشاقة من حكاية مركزيّة إلى حكاية جانبيّة، ثمّ العودة إلى المتن الأصليّ للحكاية.

ولكن، لماذا حاول أنطوان غالان تغيير اسم حنّا دياب في بعض يوميّاته إلى «جان ديبي»؟ أليس مثل هذا التضليل نوعًا من محو الأثر الأصليّ لكاتب حكاياته؟ كما أنّ بول لوكا نفسه، لم يذكر اسم حنّا دياب على الإطلاق في مجلّدات رحلته إلى الشرق، رغم أنّه كان ترجمانه ورفيق رحلته الطويلة. على الأرجح، كان المعلّم غاضبًا من الترجمان إثر مغادرته بيته والانسياق وراء وعود أنطوان غالان الورديّة للرحّالة الحلبيّ. وفي المقابل، سيمحو حنّا دياب نفسه اسم غالان من نصّه الطويل مكتفيًا بتسميته «الاختيار» رغم تشابه اسميهما، ذلك أنّ الاسم الكامل للأوّل هو أنطون يوسف حنّا دياب، على الأرجح أيضًا، ليس بسبب النسيان، كما يظنّ بعضهم، فهو يتذكّر حوادث عابرة، ومحتويات مائدة عشاء في كنيسة، وسيرك في ساحة، وأسماء أقلّ أهمّيّة، في مسار رحلته الباريسيّة، وإنما لإحساسه اللاحق بالغبن، وإهداره ثروة حكائيّة لمن لا يستحقّها، بتخلّيه عنه، ما أدّى إلى تشرّده في رحلة العودة إلى دياره، نظرًا إلى إفلاسه.

لاحقًا، سينصفه خورخي لويس بورخيس بإشارة مهمّة، في بحثه الخلّاق «مترجمو ألف ليلة وليلة»، مشيرًا إلى أنّ غالان أحضر معه من إسطنبول، مجلّدًا عربيًّا من «الليالي»، ومساعدًا مارونيًّا يتمتّع بذاكرة ليست أقلّ إلهامًا من ذاكرة شهرزاد. ويضيف بوقار: «ندين إلى هذا المعاون الغامض، الذي لا أريد نسيان اسمه: حنّا دياب، ببعض الحكايات الأساسيّة التي لا وجود لها في المخطوطة الأصليّة».

سوف ينهي حنّا دياب مذكّراته بضربة مفاجئة تتلاءم مع مخطّط تخييليّ أكثر منها سردًا ليوميّات، فهو مثلما افتتح قوس

الحكاية بلقاء بول لوكا، سينهيها بعودة معلّمه القديم إلى حلب مرّة أخرى، في رحلةٍ جديدة، وكيف رافقه إلى مغارة أو سرداب يصل ما بين حلب وعنتاب، كان ممرًّا سريًّا للجنود أثناء الحروب القديمة، لطالما اختفى المغامرون لمجرّد دخولهم إليه، لكنّ هذا المستشرق وصحبه سيخرجون من هذه المتاهة بأمان: «وكلّ من راح في حال سبيله».

6

كنتُ منهمكًا بتدقيق طبعة جديدة من كتاب «فتوح البلدان» للبلاذريّ، على أمل أن أنهي عملي باكرًا، وألتحق بموعد مع أصدقاء كانوا قد سبقوني إلى حانة شعبيّة، بالقرب من جسر فكتوريا، تكاد تكون بلا اسم، لولا لوحة معدِن يغطّيها الغبار، وسهم مائل يشير إلى «حانة الأصدقاء». كانت الساعة بحدود العاشرة ليلًا، كما أنّ جميع العاملين في الدار غادروا المكان. كنت شاردًا بمصير البلاذريّ الذي انتهى بداء الذهول، وهو أشبه ما يكون بالجنون، وخشيت في لحظة خاطفة أن أواجه مصيرًا مشابهًا، مستحضرًا سيرة جدّي السابع الذي انتهى هو الآخر بنوع من الخبل، لكنّ أجدادي اللاحقين رمّموا سيرته بمرض آخر أقلّ وطأة، هو مرض النسيان، إذ لم يعد يتذكّر أسماء زوجاته الأربع، وأسماء أحفاده، وحدود أرضه، والعلامة الفارقة على عنق حصانه، كما اختلطت عليه أسماء الحيوانات والأشجار والنباتات، وحتّى أعضاء جسمه، كأن يشير إلى صدغه وهو يقول «قلبي تلفان من الوجع». ما إن اكتشفت أنّ البلاذريّ قد كتب فتوحه بعد مئتي سنة على الفتح الإسلاميّ حتّى أدركت أيّ مهزلة أعيشها، وأنا أتتبّع مرويّاته، فكيف لمؤرخ مثل هذا أن يدوّن تاريخًا حقيقيًّا؟ ثمّ لماذا أرهق نفسي

بتدقيق هرطقة كهذه، ليذهب هشام البارودي، صاحب دار النشر، إلى الجحيم. أحلت نسختي الإلكترونيّة إلى كمبيوتره الشخصيّ، وأرفقتها بملاحظة تؤكّد خلوّ الكتاب من الأخطاء، عدا تصحيحات بسيطة أشرت إليها باللون الأحمر. في طريقي إلى الحانة، كنت أتساءل: هل التاريخ الرسميّ حقيقة راسخة، أم إنّه «حزمة افتراضات»؟ لم أرغب في تبنّي كلمة «أكاذيب»، فهناك وقائع حدثت فعلًا، لكنّ العدسة المكبّرة التي استعملها البلاذريّ أو الواقديّ أو الأزديّ في كتاباتهم المتأخّرة عن حوادث لم يشهدوها، أو يعاصروها، هي التي جعلت دابّة صغيرة فيلًا، ومن مئات المحاربين جيشًا جرّارًا، وبناءً على مثل هذه «الأكاذيب» لازمتني عبارة واحدة من كتاب البلاذريّ أوردها في نهاية كتابه «فأناخ على مدينتها، فقطع الشجر وأخربَ العمارة». على الأرجح، فإنّ البطش الذي رافق هذه الفتوحات وتدوين وقائعها، هما اللذان أنهيا حياة البلاذريّ في البيمارستان، وليس ذلك المشروب الهنديّ الذي تناوله على غير معرفة، فأفسد عقله، بحسب مدوّني سيرته. على المقلب الآخر، كان كَتَبة الموقع الإلكترونيّ «شعاع» قد اعتمدوا عبارة «الغزو الإسلاميّ» بدلًا من «الفتح الإسلاميّ» في محاولة متأخّرة لصوغ هويّة مضادّة، وهو ما نبّهني إليه مدير الموقع، بعد أن شطبت هذه العبارة أكثر من مرّة، وأعدتها إلى صيغتها المتداولة، ثمّ شرح لي أنّ ما حدث لبلاد الشام كان غزوًا بدويًا، وليس فتحًا، وكنت أهزُّ رأسي موافقًا، وأنا أركّز عينيّ على التضاريس المكشوفة لسكرتيرته من وراء زجاج مكتبه، أفكّر في الفرق بين الغزو والفتح، وما إن عدتُ إلى مكتبي حتّى استللت معجم «مختار الصحاح» من بين أكوام الكتب المتراكمة، ورحت أبحث عن معنى الكلمتين: «غُزَاةٌ، وغُزَّاءٌ، وغُزًّى، وغَزِيٌّ، واسم المفعول مغزوّ»، و«غزا العدوَّ: هاجمه، سار إلى قتاله في أرضه»، و«فَتحَ البلاد»: «دَخَلَها بعد أن غَلَبَ أهْلَها وأخْضعها لِسُلطِتهِ».

كان جدّي الأوّل يتأسّف على أفول أيّام الغزو، مقارنة بهذه الأيّام، وكيف أنّ دركيّين على حصانين هزيلين يقودان عشرة رجال إلى المخفر، بقوّة البارود والأختام الحكوميّة، مستحضرًا قصصًا خارقة عن بطولات مشكوك في أمرها، نظرًا إلى غياب الشهود، أو صمتهم عن الحقائق، مكتفين بشرب القهوة المرّة والتحسّر على تلك الأيّام المجيدة.

7

هل كان أجدادي قطّاع طرق؟

تـردّدت في طـرح هـذا الـسؤال على نفسي أكثـر مـن مـرّة، فالوحشيّة التي كانوا يروون بها طرائق فتكهم بخصومهم من القبائل الأخرى، من أجل ناقة ضائعة، أو ثورٍ مسروق، أو كلب سلوقيّ، بوصفها ضربًا من البسالة، لا أجد لها مكانًا في المعجم إلّا في باب البربريّة الصافية، البربريّة بكامل عناصرها من همجيّة ووحشيّة وقسوة، لكنّها تأتي على الـدوام في صلب مرويّات الفضيلة. كان عليّ أن أتخيّل صورة أحدهم، وهو يغتسل من دماء خصومه، ثمّ يتناول خروفًا بمفرده على العشاء، يمسح شاربيه ولحيته بالدهن كي يشمّ رائحة هذه الذكرى أطول فترةٍ ممكنة، فشهوة القتل تواكب الشهيّة إلى الطعام، والقدرة العجائبيّة على الجماع، لصقل صورة المحارب على هيئة مثلّث متساوي الأضلاع. هكذا تخلّوا طوعًا عن حكاياتهم الأصليّة ودفنوها في مقابر الصمت تحت عظام الموتى، ففقدنا جانب التسلية من أركـان الحكاية، وتلك المفارقات التي تحدث للبشر العاديّين في يوميّاتهم. لا أذكر أنّ أحـدًا من أجـدادي، وقع في بئرٍ ومات، أو التهمه ضبع، أو فقد إحدى عينيه برفسة حمار، فكلّهم أصحاب نخوة

وشجاعة وبسالة، لطالما ذكرهم الشعراء الجوّالون في مطالع قصائدهم بمديح مآثرهم، لكنّه مديح القسوة كصفة إيجابيّة في إنشاء السيرة التي يسيل منها الدم على الجانبين، فيما نأتي حكايات العشّاق ومكابداتهم وعذاباتهم خارج متون الحكايات، وذلك بمحو أثر من عاش بقلب الطير، لا من كان له قلب ذئب. انتصروا لعواء الوحش في صدورهم، لا لارتجاف قلب طائر الحجل واضطرابه لحظة اصطياده وبتر عنقه بيدين صلبتين.

كان جدّي الثالث، وفق الروايات المرتحلة، يجمع بيوض طيور القطا بالمئات، قبل موسم تفقيسها، ويضعها في قدر ضخم لسلقها فوق نار من حطب الصفصاف، في وليمة جماعيّة، لقناعته بأنّه يحمي سلالته من روح الطير. تباغتني هذه الحكاية، وأنا أرقب حركة يمامة برّيّة بنتْ عشّها في شرفة بيتي، وهي تعبث بأصيص شجيرة الريحان من دون وجل. أحضرُ قهوتي إلى الشرفة، وأفكّر في زلزال عظام جدّي في قبره غضبًا من هشاشة أحد أحفاده، وأنّه لن يغفر لي عصيان تعاليمه المقدّسة التي طالما ردّدها شفويًّا كأقوالٍ مأثورة وحِكَمٍ غير قابلة للجدال إلى درجة شكوكه في جينات أبنائه الذين يخشون منظر الدم. ولكن، هل الدم هو ذلك الذي يشخب من الأوردة والشرايين لحظة القتل أو الذبح فقط؟ أظنُّ أنّ هناك دمًا لامرئيًّا يغذّي شرايين اللغة نفسها، يسيل من الحرف والكلمة وعلامات الترقيم، يُغرق المعنى بالقسوة، كأن نقول «ذبحه بغير سكّين». لغة تعتني بوحشيّة القاتل، وتهمل عمدًا أحاسيس القتيل. كان العمّ الخامس قد ذبح أربعين خروفًا، أحاط بدمائها منزوله الجديد لحمايته من الأرواح الشرّيرة، لكنّه لم يهنأ بالطمأنينة طويلًا، فهو مذ خبّأ التماثيل المسروقة من الحفريّات التي كانت تقوم بها كارين سيمون، في زريبة البهائم، لاحقه النحس وسوء الطالع، إذ كان يستيقظ كلّ يوم

على موت نعجة أو كبش، أو جفاف ضرع بقرة، أو كسر رجل حصان، إلى غرق ابنه الأوسط الذي كان يحمل اسم الدغفل، من دون أن يجد العمّ المنكوب تفسيرًا لمحنته، عدا لعنة الأصنام التي خبّأها في سقف الزريبة، ولأنّه يعلم قيمتها، رفض التخلّي عنها، أو بيعها بثمنٍ بخس لمهرّبٍ عابر، إلى أن باغته جدّه السابع في المنام، مطالبًا إيّاه بإعادة دفن عظامه في مكانها، ووبّخه على تنازله عن تلال أجداده طمعًا بحفنة من الدراهم. وبحسب المرويّات، فإنّ العمّ الخامس فقد النطق تمامًا، بعد هذا المنام، وانتهى بفكّين مشلولين مكتفيًا في التفاهم مع الآخرين بالإشارة، وكان مطلبه الأخير، أن يُدفن في التلّ نفسه الذي احتوى عظام أجداده، وليس في المقبرة التي استحدثها الجدّ الأوّل على تخوم أرضه، وعندما أحسّ أنّ أحدًا لم يأخذ بوصيّته على محمل الجدّ، حمل ذات صباحٍ خريفي غائم، كيسًا على ظهره، واتّجه نحو التلال البعيدة. أمّا صورته الأخيرة، وفقًا لشهادات متناقضة، فكانت أقرب إلى صور القدّيسين: كان ممدّدًا في حفرة، وقد طمرَ جسده بالتراب إلى عنقه، تحيط به بقايا عظام، وتغطّي وجهه ابتسامة نورانيّة، وقد اختفى شلل فكّيه، فيما كان الكيس فارغًا من التماثيل. بعد سنوات قليلة صار قبر العمّ الخامس مزارًا، يأتيه مرضى القرى البعيدة للشفاء من الشلل والجذام والعقم، إضافة إلى اختراع عشرات القصص عن قدرته السحريّة على مغادرة قبره ليلًا للاطمئنان على مرضاه «زارني الوليّ في المنام وأوصاني...»، وكذلك رؤية حوافر حصانه صباحًا أمام عتبات البيوت التي لم يفِ أصحابها قرابين قديمة كانوا نذروها لأجله. موت العمّ الخامس ونورانيّته أتاحا الفرصة أمام العمّ الرابع كي يعيش بهويّة أخرى غير هويّة «الواوي» التي التصقت به مجرّد أن أطلق عليه الجدّ الثاني اسم «ابن آوى» بمشيئة كتاب «حياة الحيوان الكبرى»، وكان عليه أن يمحو لعنة هذا الاسم،

والسلوك الذي رافقه منذ سنواته الأولى بأفعال تنفي عنه صفة مرذولة كهذه، فهو المتّهم الأوّل بسرقة أيّ دجاجة مفقودة، أو طائر إوزّ، أو ديك حبش. حاول أوّلًا أن يتخلّص من تلك الحركة اللاإراديّة بالتلفّت خلفًا للتأكّد من عدم وجود ذيل في مؤخّرته كردّ حاسم على عبارة «طال ذيلك» التي يواجهه بها أصحاب الديوك المسروقة متهكّمين، أو كنوع من الانتقام اللفظيّ لتعويض خسائرهم، لكنّ الكتاب الملعون الذي أتى بهذا الاسم سيكون خشبة خلاصه، وذلك بقراءة كلّ ما يخصّ طباع ابن آوى التي أوردها الدميريّ في كتابه، ثمّ وقع على صفحة تذكر فوائد الدجاج في علاج بعض الأمراض، متقمّصًا شخصيّة «أبو الحصين» التي أودت به لعنة الكتاب إلى ميتة شنيعة، فكان حذرًا أكثر من سلفه في مزاولة مهنة الطبابة العربيّة، كي لا يرتكب حماقات كبرى. كانت تجربته الطبّيّة الأولى بأن نصح بوضع دماغ دجاجة على لسعة حيّة، كادت تميت أحدهم، فتماثل مريضه للشفاء بمرور يوم وليلة، ثمّ أوصى باستخدام حجر يوجد في قانص الدجاج وشدّه على من أُصيب بمرض الصرع إلى أن يبرأ، وفي حال عُلّق برقبة الرجل زاد في قوة الباه، ويدفع عنه عين السوء، وإذا طُلي الذكر بمرارة الدجاجة السوداء، وجامع من شاء لم ينله أحد بعده، وإذا دفنت رأس دجاجة سوداء في كوز، تحت فراش رجل قد خاصم زوجته، صالحها من وقته، وإذا احتمل رجل من دهن الدجاجة السوداء قدر أربعة دراهم هيّج الباه. بقوة هذه الأفعال المباركة ونجاعتها في العلاج، نسي الآخرون اسم الواوي ليصبح اسمه «المبارك»، وبسطوة قدراته الطبّيّة الخارقة وعقاقيره المذهلة، استعاد بعض خصائل جدّه الرابع في الشهوانيّة، إذ أتيح له أن يجامع عشرات النساء المنكوبات بأمراض غامضة، وكنَّ يخرجن من كوخه مبلّلات بعرَق الشهوة، وبخفّة أجنحة طيور الحجل.

8

كانت سيرة الجدّ السادس شبه مغيّبة، تحضر خطفًا مع حركة استياء ونبذ من يد الراوي، كما لو أنّ ذكره يلوّث ماء الحكاية بما لا يليق بِسيَر الآخرين من أجدادي الأشاوس، فأن تقول عن جدٍّ من السلالة الأولى «كان طائش السيف، سفّاك دماء»، فهذا ما يمنح نبرة الراوي ثقلًا موسيقيًا يليق بتاريخ صاحبها الموغل بقتل الخصوم، فرادى وجماعات، فيما تخفت النبرة إلى حدود الصمت، بما يخصّ سيرة ذلك الجدّ المغيّب الذي كسر عمود البيت بفضائحه، كما لو أنّ عاصفة رمليّة اقتلعته بلا إنذار، ولأنّ الحكاية مؤنّث، وراويها مذكّر، تكفّلت الجدّات بملء الصفحات السرّيّة بما ينقصها من وقائع وحيثيّات وحوادث، وتسريب ما لا ينبغي ذكره في المضافات.

في صورة شجرة النسب التي علّقها الجدّ الثاني في صدر المضافة، انكسر غصن «غزال الهلاليّ» مع أوّل ريح صادفته، أو لنقل أنّه وقع في الهوى، ولم يقم. كان عائدًا من قنص الغزلان كعادته، حين لمح امرأة بصحبة والديها تقود حمارًا محمّلًا بقربة ماء فخطفت قلبه بما يشبه زلزالًا حطّم أضلاعه، بعد أن شرب أوّل طاسة ماء من يدها، وقبل أن تلتحق بضعن أهلها الذي كان يتّجه جنوبًا. سألها عن

اسمها مرّتين، لكنّها رفضت إعلامه بهزّ كتفيها. مشى في دربه، وقد تعلّقت روحه بها. وصل إلى بيته متهالكًا وتالفًا وممسوسًا. رقد في فراشه صامتًا، ترافقه حمّى وهذيان، وقد حارت أمّه بعلّته، سقته كلّ أصناف الأعشاب التي في حوزتها، من دون فائدة، إلى أن عبرت الديار غجريّة تكشف الفأل، فخلصت إلى نتيجة حاسمة «لستَ مريضًا، الهوى دخلَ رأسك». كان قد مرَّ شهران على الحادثة، وبعد أن قلّب الأمر في رأسه، قرّر أن يلحق بظعن تلك المرأة التي صادفها في طريق عودته من القنص، وكان كلّ ما يعرفه أنّ الظعن كان متّجهًا جنوبًا. جهّز ذلوله بما يحتاج إليه في السفر، ثمّ ودّع أمّه وغادر. بعد مسيرة شهر، اهتدى إلى المكان. أناخ ذلوله أمام بيت زعيم القبيلة، وتأكّد أن بيت المرأة التي سحرته يقع في الجهة الجنوبية للمضارب. لم يسأله المضيف عن حاجته، فوفقًا للأعراف البدويّة، ينبغي مرور ثلاثين يومًا حتّى يُسأل الضيف عمّا يبتغيه. في اليوم العشرين، اتّجه إلى طرف المضارب، ولمح المرأة التي أصابته بحمّى الهوى، فأدركت عشقه لها، وطلبت منه أن يأتي بصحبة مضيفه كي يطلب يدها من أبيها. كان المضيف قد اقتفى أثره وعرف السرّ بينهما، وانتظر أن يخبره الضيف بطلبه، لكنّه تردّد في مفاتحة مضيفه بالأمر خجلًا، وكان يعد معشوقته كلّ مرة بأنّه سيخبر مضيفه في صباح اليوم التالي، ثمّ يؤجّل طلبه إلى يومٍ آخر، إلى أن دخل المضيف ذات صباح مكان فراش الضيف، بادره محيّيًا، فلم يردّ، أزاح الغطاء عن وجهه، فوجده ميتًا. أرسل صبيًّا إلى بيت المرأة، وأوصاه أن يسألها عن معول وفأس، وفي حال سألته عن حاجته إليهما، عليه إخبارها بأنّهم وجدوا الضيف ميتًا هذا الصباح، وسيحفرون قبرًا له. وحين علمت المرأة بموت حبيبها، ركضت نحو المضافة كالمجنونة، شقّت زيق ثوبها، وخمشت

خديها بأظافرها إلى أن سال الدم منهما، ضمّته إلى حضنها، شمّته بعمق، وحين تأكّدت من موته، عانقته وأسلمت روحها إلى جانبه.

حين علم الجدّ الثالث بحكاية الجدّ السادس، وما تمثّله هذه الحكاية من هشاشة القلب وسوء البصيرة، أوصى بتجاهل سيرته تمامًا، وبضرورة حذفها من سجلّ العائلة، إذ لم يسبق أن وقع أحد من سلالته بمحنة العشق إلى درجة الموت من أجل امرأة، ثمّ أنهى وصيّته بقوله: «أخشى أن يأتي اليوم الذي يجعل الهلاليّين يحملون بين أضلاعهم أفئدة الطيور، أكثر ممّا يحملون قلوب الذئاب، ولن نجد في العائلة غير أشباه النساء»، وقبل أن يخرج من المضافة إلى الخلاء لتأمّل حركة النجوم وجهة الريح، كعادته حين يواجه محنة عائليّة، طلب إحضار عدّة القنص التي كانت في حوزة قتيل العشق، وأمر العمّ الثالث باستلامها، قائلًا: «ينبغي ألّا تذهب تجارة مسك الغزال من أيدينا إلى يد عشيرةٍ أخرى».

بالنسبة إلى الرواة اللاحقين، فقد وجدوا حلًّا سحريًا لتغييب سيرة الجدّ السادس من مسامراتهم الليليّة، أو على نحو أكثر دقّة، اختزالها بعبارات ملغّزة، إلى أن اهتدى أحدهم إلى تأليف سيرة جديدة للجدّ خالية من الشوائب والآثام: امتطى بعيره ذات شتاء قارس لأداء مناسك الحجّ، كعادته كلّ سنتين، لكنّه في طوافه الأخير لم يعد إلى دياره، إذ باغته الموت في الأرض المقدّسة، ودُفن في مقابر الصالحين، في مكّة، الأرض التي جاء منها أجداده الأوائل، قبل قرنٍ من اليوم.

9

ليست الفوضى اللغويّة وحدها، ما كان يثير سخطي أثناء دوامي في الموقع الإلكترونيّ، إنّما تلك الصفاقة في تزوير الوقائع التي لم يجفّ حبرها بعد، فرئيس التحرير الذي كان يستقي معلوماته المهمّة من جهة أمنيّة، كان يصرّ على نشر معلومات كهذه حرفيًّا بأخطائها الإملائيّة والنحويّة، خشية غضب هذه الجهة عليه، في حال أضاف فتحةً أو ضمّة أو حتّى إشارة تعجّب، وبالطبع خوفه من توقّف الجعالة الشهريّة التي تأتيه على هيئة دعم للمواقع الإلكترونيّة الوطنيّة، فيما يعزّز هذه المعلومات بمقالات وأعمدة يكتبها محلّلون مجهولون، أتى معظمهم من مهن حزبيّة أو عسكريّة، إضافة إلى صحافيّات شابّات فقدن الحماسة المهنيّة تدرّجًا، بإغراء صفقات مع رجال أعمال ومافيات ومديري مؤسّسات حكوميّة. لا أحد يعلم كيف صعد رئيس التحرير إلى منصبه الرفيع هذا، عدا أنّه كان مندوب إعلانات لمجلّات غامضة، قبل أن يتسلّل إلى قسم الأرشيف في صحيفة حكوميّة كنوع من التمويه على مهمّته الأصليّة في كتابة تقارير أمنيّة عمّا يجري في كواليس الصحيفة، أمّا كيف حصل على ترخيص رسميّ لتأسيس موقع إلكترونيّ، فالمسألة لا تحتاج إلى شرح أو توضيح، في ظلّ انتعاش

عمليّات تبييض الأموال، وتحسين صورة القوّاد تحت مسمّى آخر. كان رئيس التحرير يحفظ عبارة واحدة يردّدها على الدوام، سواء في مكتبه خلال الاجتماعات الدوريّة لهيئة التحرير، أو في ممرّات الموقع، حين يصادفه محرّر ما ويرغب في استشارته بتقرير أو مقالة كتبها، وهي «الصحافيّ هو مؤرّخ اللحظة»، متجاهلًا مصدرها الأساسيّ، وفي ضوء هذه الحكمة ينبغي أن يتصرّف الصحافيّ في المعلومات التي يحصل عليها، ولكن، من دون أن يتجاوز الخطّ التحريريّ للموقع المتمثّل في إعادة تدوير الشعارات القديمة للسلطة ببلاغة جوفاء وطلاء برّاق وبذاءة في تفسير الوقائع. كنت أهزُّ رأسي ساخرًا، وأقارن عبارة «مؤرّخ اللحظة»، بـ«مزوّر اللحظة»، وكيف تُحبس الحقائق في أقفاص اللغة المراوغة، فيما تخضع الصور الميدانيّة إلى عمليّات فوتوشوب صارمة كي تتلاءم مع توجّهات الموقع في تصدير البهجة التي تعيشها البلاد، أو «رغد العيش» إلى القرّاء الافتراضيّين. كان مؤرّخو الأمس يمجّدون تاريخ القسوة، فيما يعمل «مؤرّخو اللحظة» على مديح البؤس، بإخضاعه إلى عمليّات تغليف يوميّة، تجعل بعر الإبل شوكولا سويسريّة، وكنت مقتنعًا بأنّ مهمّتي لغويّة وحسب، نائيًا بنفسي من هذه المذبحة التي يصنعها الآخرون، وفقًا لجهة الريح. في المسافة الفاصلة بين أوتوستراد المزّة، مكان عملي في الموقع الإلكترونيّ، وحيّ البرامكة، حيث تقع دار النشر، كنت أعيش بشخصيّتين متناقضتين تمامًا: حاسر الرأس صباحًا، وبعمامة الأسلاف مساءً، تتنازعني الأحلام والكوابيس ليلًا. أعبر شوارع حيّ البرامكة المكتظّة بالمكتبات التراثيّة والورّاقين والمطابع، تستوقفني واجهات المكتبات بأسماء الأسلاف، والمؤرّخين، والفقهاء، والخطّاطين، أنظر يمينًا ويسارًا، فأرى موكبًا من المتصوّفة والقدّيسين والقَتَلة والملوك والمحاربين والشعراء النظّامين، يخرجون من الواجهات الزجاج للمكتبات، يخلع

أحدهم عمامتي عن رأسي، ويوثق بها يديّ إلى الخلف، ثمّ يلكزني برمحهِ نحو مدخل عمارة بين مكتبتين، أنزل سلّمًا معتمًا، إلى أن أجدني أمام باب دار النشر التي أعمل فيها. كان صاحب دار النشر المدعوّ هشام البارودي، يتحدّث بصوتٍ عالٍ، مع أحدهم بالهاتف، مؤكّدًا أنّ النسخة الجديدة من الكتاب ستكون منقّحة. أشار بيده الثانية نحوي، قبل أن ينهي مكالمته. صافحني وطلب منّي أن أجلس على الكرسيّ المقابل لمكتبه. أخرجَ من درجه مخطوطًا متهالكًا. قال لي بابتسامة ماكرة «هذا المخطوط بعهدتك». كان المخطوط يحمل اسم «رشف الرضاب وفاكهة الأحباب» لمؤلّفه محمّد راجي الحلبيّ الساعاتيّ. قلّبت أوراقه على عجل، فتبيّن لي أنّه كتاب في الجنس. هزَّ رأسه ضاحكًا، ثمّ قال: «نحن نعمل على إعادة نشر كتب التراث، مهما كان صنفها، والمطلوب منك، عدا تشذيب اللغة، أن تشذّب الفحش الموجود طيّ المخطوط بمرادفات لا تثير حفيظة القارئ أو الرقيب، ولا تنسَ أن تضع عبارة «نسخة محقّقة ومنقّحة» في الصفحة الأولى من المخطوط».

وضعتُ المخطوط فوق مكتبي، على أن أقرأه، بعد مراجعة البروفة الأخيرة من كتاب «فتوح البلدان» للبلاذريّ، لكن ما إن غرقت في الإحالات من راوٍ إلى آخر حتّى شعرت بالضجر، وكنت على يقين من خروج عربات القطار عن السكّة، نظرًا إلى المسافات المتباعدة بين زمن وقوع الحدث، والبعد الجغرافيّ لموقع الراوي، وكيف أنصتَ أحدهم إلى عبارة قالها أحدهم وسط غبار المعارك وصليل السيوف، ثمّ عبرت العبارة جبالًا ووديانًا وصحارى، ثمّ طواها الغبار مئتي سنة وصولًا إلى لحظة تدوينها، كمثل هذه الواقعة «فاتّخذَ كباشًا نطّاحة فصكّ بها حائط المدينة حتّى ثلمه، ودخلها عنوة، فقتل وسبى وغنم»؟!

وسأنتبه إلى أن البلاذريّ كان ينهي معظم فقرات كتابه مستشهدًا بأبياتٍ من الشعر، قالها أحدهم في مديح موقعة حربيّة، أو بأس محارب، أو حكمة قائد، وكأنّ لجوءه إلى صنّاع الخيال، إشارة إلى غياب التوثيق الحقيقيّ للأحداث، مؤكّدًا أنّ «الشعراء يتبعهم المؤرّخون». أزحتُ «فتوح البلدان» جانبًا، وتناولت مخطوط «رشف الرضاب» على أمل تبديد الضجر قليلًا. لم يخب أملي ببلاغة الساعاتيّ الذي بدا أنّه يخوض معارك أخرى، ولكن بالأدوات نفسها، منذ السطر الأول في مخطوطه النفيس «حمدًا لمن جعل سلطان المحبّة مستوليًا على قلوب العاشقين فتركها إهداء لقوس الحواجب ونبال المحدّقين، وحكّم فيهم سيوف الألحاظ ورماح القدود، فتركهم صرعى في ميدان الغرام لا تقام لهم شهود، وخلع على أصحاب الجمال من ملابس الحلل، وأخضع لهم أرباب الممالك، ونفّذ أحكام العيون في القلب نفوذ السهام». ههنا أيضًا، وجدت أقواسًا ونبالًا وسيوفًا ورماحًا وسهامًا، ولكن فوق أرضٍ ناريّة مشتعلة على الدوام، فالجسد ساحة معركة من نوعٍ مختلف، لكنّها لا تقلّ ضراوة عمّا يحصل في ميادين القتال، تحتاج هي الأخرى إلى بارود الوصف لتأجيج الشهوة إلى أقصاها وإشعال النار في الموقد المطفأ، فلجأ الحلبيّ الساعاتيّ إلى أكثر الكتب التراثيّة دسمًا في إثارة شهيّة الخلّان، مفتتحًا وليمته بكتاب «روضة القلوب ونزهة المحبّ والمحبوب» لجدّنا الأوّل عبدالرحمن بن نصر الدين الشيرازي، المتوفّى في أواخر القرن السادس الهجريّ، وهو كتاب في ماهية العشق والمحبّة وما الفرق بينهما، ثمّ كتاب «رجوع الشيخ إلى صباه في القوّة على الباه» لشهاب الدين أحمد بن يوسف التيفاشي، المتوفّى في القرن السابع الهجريّ، و«الإيضاح في علم النكاح»، وهو لمؤلّف مجهول، ويُنسب زورًا إلى أكثر من مؤلّف. اللافت أنّ الحلبيّ الساعاتيّ اكتفى بتسمية هذا الكتاب منقوصًا، وهو «الإيضاح» خشية

التوغّل أكثر في بستان اللذّة ربّما، إلّا أنّه سيتخلّى عن الحياء لاحقًا، باقتحامه معجم الشهوة من أوسع أبوابه وبمكاشفات حسّيّة صريحة، مازجًا الفصحى بالعامّيّة في تسمية الأعضاء المثيرة، ومتخليًّا عن نخبويّته بالانزلاق إلى مفاكهة الأحباب والخلّان من الطبقة السفلى للقرن الثاني عشر الهجريّ. لا أنكر أنّني انسقت وراء صفحات هذا الكتاب، رغم سوقيّة ألفاظه، وربّما بسبب فحشه، فقد كنت بحاجة إلى نزهة من هذا الطراز، متناسيًا مهمّتي الأساسيّة من قراءة الكتاب، وهي التدقيق اللغويّ أوّلًا، وتشذيب خشونة الألفاظ ثانيًا، وسأصحو من خدري على مشكلة معقّدة، هي: كيف سأعمل منشاري في الأشجار المثمرة لهذا البستان وتحويل أغصانها إلى حطبٍ يابس؟ فقد كنت قبل لحظات، أدين محمد راجي الحلبيّ الساعاتيّ على اختصار عنوان أحد مراجعه في تأليف كتابه، معتبرًا عمله ضربًا من التزوير، فما بالك بشطب مئات العبارات من متن الكتاب وتبرير ذلك تحت بند «نسخة منقّحة»؟ كان مكتب هشام البارودي مغلقًا، فقد غادر في ما يبدو منذ ساعات، من دون أن أنتبه إلى خروجه. استللتُ ورقة بيضاء وكتبتُ ملاحظة موجّهة إلى صاحب الدار، وأرفقتها بأوراق المخطوط «يصعب إنجاز نسخة منقّحة من هذا المخطوط، فتنقيحه يعني تشويهه وتحويله إلى كرّاسٍ للمبتدئين». السؤال الذي راودني بعد قراءة هذا المخطوط هو: ما سبب انحطاط اللغة في القرنين السادس والسابع الهجريّين، وصولًا إلى القرن الثاني عشر، زمن تأليف هذا المخطوط، وما علاقة ازدهار كتب الباه وصناعة اللذّة بانهيار الحضارة الإسلاميّة في الحقول الفكريّة الأخرى؟ ففي القرن السادس وما تلاه سنقع على ما يشبه هذه اللحظة، لجهة التمزّقات والصراعات الطائفيّة والحروب، وظهور طبقة العيّارين والشطّار، وغارات البدو على طرق القوافل التجاريّة، وسقوط الدولة الفاطميّة، وقيام الدولة

الأيوبيّة، وارتفاع الضرائب، وازدياد عسف السلطة، واتساع تيّار الصوفيّة، وانتشار الفتن، ووفاة صلاح الدين الأيوبيّ، وأبي حامد الغزاليّ، وابن الجوزيّ، والزمخشريّ، وتدمير بغداد، واهتراء نواحي الشام، وبدء تداعي الأندلس ثمّ سقوطها، وظهور إمبراطوريّة المغول بقيادة جنكيز خان، ثمّ مجيء هولاكو. وفيما كان التيفاشي غارقًا في تأليف كتب الباه، كانت النيران تلتهم كتب ابن رشد، بعد اتّهامه بالإلحاد والزندقة، وفي مطلع القرن الثاني عشر الهجريّ ولد محمّد بن عبدالوهاب الذي أنشأ تيّارًا دينيًّا صارمًا، لا تزال ريحه تهبّ على كلّ الجهات إلى اليوم.

10

بانكفاء سلطة الجدّ الأوّل الذي اعتزل حياة الآخرين، مستسلمًا لكتبه القديمة التي كان يحضرها على دفعات من مكتبة متخصّصة بكتب التاريخ، إضافة إلى اعتنائه بإعادة ترميم شجرة نسبه على نحوٍ آخر، وذلك بتقليم أغصانها من القدّيسين والأولياء لتكون أكثر إقناعًا وواقعيّة في تاريخ تسلسل أجداد العائلة، انتهى أخيرًا، بعد تقليب الوقائع والتواريخ إلى خلاصة تنفي قطعيًّا البعد الروحيّ والطهرانيّ عن سلوك الجدّ الرابع. إنّ هذا الجدّ ليس أكثر من قاطع طريق، وبناءً على هذه الاستراتيجية، ألغى رحلة الجدّ إلى قونيه كواحدٍ من أتباع مولانا جلال الدين الروميّ، مكتفيًا بإنهاء رحلته في ديار بكر، ليمارس مهنته الأولى بمهارة أكبر: سلب قوافل الأرمن والسريان والأكراد الهاربين من المذابح العثمانية والفوضى التي أحدثتها الحرب العالميّة الأولى، ونهبها. هكذا هدم الجدّ الأوّل مدماك الحكاية الأساسيّ من أفواه الرواة، أولئك الذين كانوا يهيمون شغفًا بسيرة الجدّ الرابع، والمراتب الصوفيّة التي بلغها في الزهد، إضافة إلى براعته في أداء رقصة المولويّة التي ابتكرها في المرّة الأولى مولانا جلال الدين الروميّ بتأثير تعاليم معلّمه شمس الدين التبريزيّ، كما كان بعض الرواة،

يحشد هذه السيرة بأبيات من الشعر الصوفيّ زاعمًا أنّها من شطحات الجدّ وتجليّاته العرفانيّة، ما يمنح الحكاية قدرة إضافيّة على التحليق والطيران والنشوة، وسيصل بعضهم إلى مرتبة الانجذاب الصوفيّ، خصوصًا أثناء قيام حلقات الذكر، ليلة اكتمال القمر، في مزيج من المولويّة والطريقة الرفاعيّة. قراءات الجدّ في عزلته، نظّفت أذنيه من إيقاعات الدفوف، وصليل السيوف، وأصالة النسب، وإذا به في لحظة صفاء، ينسف التاريخ المشرق للجدّ الرابع من جذوره، حتّى أنّه أوقف حلقات الذكر نهائيًّا، تلك التي كانت تمجّد خصاله، وقدراته الخارقة، وإشراقاته الروحانيّة، فبحسب خلاصة أبحاثه، وتواتر الحكايات المرتحلة بهبوب ريح الشمال، فإن هذا الجدّ أنهى حياته حفّارًا للقبور في ديار بكر، نظرًا إلى كثرة أعداد الموتى، سواء في الحرب، أو بسبب انتشار الأوبئة والأمراض، فقد كان يخلّص الموتى حاجاتهم الثمينة بما فيها أسنانهم الذهب، كما لم يتوانَ عن شقّ بطون النساء الهاربات من جحيم المذابح، وتفتيشها عن ذهبٍ مخبوء، وتاليًا، لم تطأ قدماه أرض قونيه يومًا.

11

أصابتني عبارتها في الصميم!

كنتُ تجاهلت اتصالاتها الهاتفيّة المتكرّرة، ومحاولات التواصل على الماسنجر، واستغاثات عاطفيّة على الواتس آب، بلا ردّ منّي، إلى أن كتبتْ لي رسالة عتاب أخيرة «لم أكن أتصوّر أنّك بمثل هذه القسوة!».

لم تقنعني مبرّراتها في الغياب عن ذلك الموعد الذي اعتبرته استثنائيًّا وحاسمًا في اختبار علاقتنا التي كانت تنمو بشغف متبادل، في تلك المنطقة الملتبسة بين تأجّج العاطفة واستنفار الغريزة. كان فعلًا طائشًا منها بألّا تأتي إلى ذلك الموعد، على أن تبرّر لاحقًا عدم حضورها باختراع ذرائع ستقنعني بها، فتنقشع الغيمة السوداء عن سماء زرقاء صافية، وتنجو من اختبار حواسّها عن كثب، بتأثير مشكلات نفسيّة متراكمة، لم تعترف بأسبابها قبلًا، على نحوٍ واضح، إلّا أنّني سأكتشفها بناءً على عبارات مبتورة كانت تردّدها أمامي عرضًا، تتلخّص بتعاليم دينيّة تمنعها من تطوير العلاقة بيننا، بصرف النظر عن تعلّقها بي، وفي المقابل لم تتوقّع ردّ فعلي الغاضب على غيابها، فقد تطوّر الأمر بالنسبة إليّ على مراحل، تبعًا لعدد كؤوس النبيذ التي

استهلكتها وحيدًا في انتظار مجيئها، معتبرًا أنّ ما حدث بيننا يقع في منطقة هدر الكرامة، وسوء تصرّف في تقدير الموقف (هل استيقظ أحد أجدادي، وأهداني فكرة خرقاء كهذه؟). في تلك اللحظة، قرّرت نسيانها تمامًا، كما نسيت ثريّا، كأنّها لم تكن جزءًا حميمًا من حياتي، لكنّ كلمة «القسوة» التي صفعتني بها ظلّت تدور في رأسي أيّامًا «هل أنا شخص قاسٍ حقًّ؟». بتدبير الغضب، أعجبتني فكرة القسوة، فكم أنا بحاجة إليها كمتراسٍ صلب في مواجهة همجيّة الآخرين، فكان أن عـزّزت قسوتي نحوها أوّلًا، بمقاطعتها تمامًا، ومحاولة نسيانها، وإن كنتُ أتلصّص أحيانًا على ما تكتبه على صفحتها في فيس بوك، وتفسير سطورها الملغّزة على أنّها رسائل موجّهة إليّ شخصيًّا، متلذّذًا بعذابات وحدتها، فقد كانت تضع صورها السيلفي التي التقطتها في الأماكن التي كنّا نتردّد إليها معًا، مرفقة بعبارات محمولة على ذكريات حميمة، بما يقع في باب الحنين والاشتياق والوله. فكرة القسوة التي وصمتني بها، أعادتني إلى فحص هويّتي الأولى التي كنت أظنُّ أنّني مزّقتها باكرًا، بوعيٍ مضادّ لما أرّخه أجدادي القساة في سيرهم وشجرة نسبهم، مطمئنًّا إلى قلب الطائر الذي يخفق في صدري، لا قلب الذئب. وستحضر صورة الغجريّة التي كشفت عن طالعي، وقد أعادت بيقينٍ تامّ، زمرة دمي إلى جدّي الحادي عشر، أكثر أجـدادي قسوة ووحشيّة. فحسب إحـدى الروايات، أراد هذا الجدّ أن يعقّد حسن جوار مع قبيلة كبرى متاخمة لأرضه، فشكّل وفدًا من وجهاء قبيلته، وساروا في قافلة محمّلة بالهدايا الثمينة، بينها حصانان أصيلان وناقة، وحين اقتربت قافلة الرجال من تخوم القبيلة الأخرى، لفت انتباههم مجلس عزاء، وأصـوات بكاء مختلطة. سأل الجدّ أحد رعاة الأغنام عن اسم المتوفّى، فأجابه بأنّ طفلة ماتت هذا الصباح، وهؤلاء يبكون رحيلها. أوقف القافلة، وأمر رجاله بالعودة إلى

المضارب التي أتوا منها، قائلًا: «قومٌ يبكون طفلة يستحقّون الغزو لا حسن الجوار، فاستعدّوا لغزوهم». لكنّ رواية أخرى، ستدحض هذه الواقعة، بتدوير الحكاية عكس جهة الريح، وإعادة حقوق ملكيّة فكرة الغزو لزعيم القبيلة الأخرى الذي أطاح مضارب الجدّ الحادي عشر، وقلبَ مواقد ناره، وخرَّب قبور موتاه، وسبا أجمل نسائه. سأركنُ إلى هذه الوثيقة الشفويّة موقّتًا، رغبة منّي في استعادة حضور الجدّات في السيرة، الجدّات اللاتي كان الرجال يبكون غيابهنّ، في وضح النهار، من دون خجل، أو مواربة.

12

بفحصٍ بسيط لحكايات الجدّات المنسيّات، لن تهبَّ رائحة دم وخديعة وثأر في متون الحكايات، ففي تلك الصحراء التي لا تنمو فيها غير الأشجار الشوكيّة، سنجد عطرًا سريًّا يتسرّب من شقوق الحكاية، ليرشد عاشقًا محزونًا إلى مضارب محبوبته، أو ستنبت شجرة مثمرة في عمق الصحراء كي تنقذ امرأة تائهة من الموت، وستتحوّل دموع امرأة وحيدة بئرَ ماء كي تروي عطشها، وحين يموت الأب وتتقاسم بناته الثلاث الميراث، في حكاية أخرى، سيكون الكلب من نصيب أصغرهنّ، وبدلًا من أن تندب حظّها العاثر، سينقذها الكلب في أكثر من موقف، لذلك ستنبّهنا الراوية المجهولة – ربما كانت الجدّة الثالثة – إلى أنّ الكلاب في الأزمنة القديمة كانت تنطق بلسان البشر(!). بدا لي أنّ عبارة اعتراضيّة كهذه مهمّة سرديًّا للغاية، وإلّا لن نعرف سيرورة الحكاية، أو مصير البنت في عزلتها، فهي تنهيها بموت الكلب الذي أوصاها قبل موته بأن تلفّه بعباءة زوجها، وتضعه في صندوق. سيطلب الزوج عباءته للمشاركة بغزوٍ ما، فتضطرّ إلى فتح الصندوق لتجد الكلب وقدّ تحوّل تمثالًا من الذهب(!).

ولكن، ماذا لو أنّ الراوي كان ذكرًا؟

على الأرجح، سيذهب بالحكاية إلى بساطٍ آخر، كأن ينشغل بما جرى للرجل أثناء عمليّة الغزو، والغنائم التي عاد بها، وسوف تسيل دماء كثيرة في ساحة النزال، وسيموت الكلب ويُسحل بعيدًا من مضارب القبيلة مثل أيّ فطيسة. وكانت الجدّات ينهين حكاياتهنّ بعبارات محدّدة للفصل بين الحكاية وراويتها: «هي راحت إلى هناك، وأنا بقيت هنا»، و«سأذهب إلى أهلي، وأنت عدْ إلى أهلك»، و«تعيش وتسلم»، كأنهنّ بهذه الخاتمات يضعنَ نقطة في نهاية السطر.

13

اعتدتُ خلال عملي في الموقع الإلكترونيّ ركاكةَ افتتاحيّات رئيس التحرير، وجهله المطبق في ما هو الفرق بين التمييز والحال، ورفع الكلفة مع الأفعال المجزومة، واختلاط المعنى بين الثاء والسين، حتّى أنّه تفاصح مرّة بكتابة «طمث الحقائق» بدلًا من «طمس الحقائق». لكنّه فاجأني في ورديّة أمس بخلوّ افتتاحيّته من الأخطاء، سواء الإملائيّة أو النحويّة، كما أدهشتني بلاغته في استثمار مفاهيم ومصطلحات لم تكن يومًا جزءًا من نسيج العنكبوت الذي كما لو أنّه يصوغه بأصابع قدميه، نظرًا إلى كثرة طبّاخي الافتتاحيّة المزعومة، وهم غالبًا محرّرون لا يستطيعون رفض طلباته خشية طردهم من العمل. كانت الافتتاحيّة بعنوان «سرديّات الهويّات الكبرى»(!). بناءً على معرفتي بمستوى ضحالته، ومتابعتي القسريّة لافتتاحيّاته التي تحتشد بالشعارات القديمة المنقرضة، شككتُ في أمره، وسوف أتأكّد بعد قراءة الأسطر الأولى منها بأنّه قام بعمليّة غزو في وضح النهار لقبيلة بلاغيّة أخرى، فعبارات مثل «سرديّات ما بعد الكولونياليّة»، و«هيمنة المركز على الأطراف»، و«أنساق الهويّة والأمّة»، و«الخطاب المتخيّل» بدت غريبة اليد والوجه واللسان عن قاموسه، مقارنة بمحتوى افتتاحيّاته السابقة. بفحص أوّليّ للعنوان على

محرك البحث «غوغل» انهمرت عشرات المقالات عن إدوارد سعيد وكتبه عن الهويّة والسلطة والمنفى، فعرفت مصدره، أو على نحوٍ أدقّ، هويّة المحرّر الذي أهداه هذه الافتتاحيّة، وورّطه بها، من دون أن يذكر مصادرها، فالمهمّ بالنسبة إلى رئيس التحرير هو أن يرى اسمه مسبوقًا بكلمة «بقلم» التي يصرّ على وجودها، رغم اختفاء مثل هذا اللقب من قاموس الصحافة الإلكترونيّة بوجود الكيبورد. كان المحرّر الذي كتب الافتتاحيّة أو حرّرها بطريقة القصّ واللصق يطمح إلى الصعود سريعًا نحو مرتبة مدير التحرير، المنصب الذي كانت تشغله ابنة ضابط مهمّ ضجرت من عملها في التعليم، فانتقلت إلى «مهنة المتاعب» كنوع من التسلية في تصريف الضجر. وجد هذا المحرّر فرصته بالقفز إلى كتابة افتتاحيّة رئيس التحرير على نحوٍ مختلف، يعزّز حضوره المهنيّ، فوقعت شباكه على إدوارد سعيد بقصد مواجهة «سرديّات الهويّات الصغرى»، هذه الهويّات التي بدت تتسلّل علنًا إلى معظم المواقع الليبراليّة، بدلًا من أحاديث المقاهي. اندحر اليساريّون والأمميّون براياتهم الحمر إلى طوائفهم وعشائرهم ومذاهبهم التي طالما عملوا على تهشيمها بالمطرقة والمنجل، لاذوا بهويّاتهم النائمة، ومسحوا الغبار عن سيوف أجدادهم، صهروا معادنها في ماكينة الميديا الجديدة بحروب شرسة، فاختلط الأزرق بالأحمر، ثمّ غرقوا في مستنقع الكراهية. كان ماركس ولينين وتروتسكي وزكي الأرسوزيّ وابن تيمية يتجوّلون بالعباءة والعقال، في المقاهي، والمواقع الإلكترونيّة، وسوق الحميديّة، وسور الجامع الأمويّ، ومقهى النوفرة، من دون ارتباك في ارتداء الزيّ، أو في مواجهة نوبة سعال تباغت أحدهم من تنباك نارجيلته المحشوّة بتبغ الضغينة. كنت أقرأ كتاباتهم بلا اكتراث، لكنّ اقتحام إدوارد سعيد الوليمة بحساء سرديّات الهويّة، أيقظ أرواح أجدادي الهلاليّين في صدري، خصوصًا أنّ صاحب دار النشر قد أغرقني بعشرات الكتب التي تحتاج إلى

تدقيق طباعيّ، ومعظمها يتعلّق بتاريخ الطوائف والمذاهب والعشائر، في محاولةٍ منه لمجاراة متطلّبات السوق، واستغلال الغياب الجزئيّ للرقابة بسبب الفوضى التي تعيشها البلاد. صناعة التوحّش المتبادلة بين المذاهب، وضعتني وجهًا لوجه أمام جماليّات الهويّات الصغرى المزخرفة بالإلفة: الاحتماء بدفء فروة العشيرة، أن ألتفَّ بصوف خمسة خراف، في الليالي الباردة، أقلّب موقد الوحشة بيد، وأحمل باليد الثانية سبحة من العاج بالأسماء الحسنى للأجداد، أفتّش عن أولئك الذين كانوا بقلب ذئب، لا بقلب طائر محزون مثلي، وجد نفسه بمنأى من سربه. لكنّني سأستيقظ من غيبوبتي على عجل، نابذًا هذه الأفكار العفنة بعيدًا، وبأقصى طاقتي على الطيران، خارج التجاذبات النفسيّة للهويّة، وحدود الهاوية. كنت أقرأ بروفات كتب الطوائف، بقليل من العناية، عدا أخطاء النحو والصرف بالطبع، من دون أن أفقد عنصر التسلية، في هذه الفرجة السورياليّة المجّانيّة لحروب الإلغاء والإبادة: طائفة تلغي أخرى بجرعات عالية من العنف والقسوة، والاغتسال برغوة صابون الكراهية من آثار الآخر وآثامه: عمامة بيضاء، وعمامة سوداء، وقلنسوة، وخوذة عسكريّة، تتجاور علنًا، وتتنافر سرًّا، بما يشبه عرضًا هزليًّا لخيال الظلّ، وتاليًا، فإنّ «طاف، يطوف، طواف» أبعد من الاشتقاق اللغويّ، وأكثر ثقلًا من «حركة الجزء من الكل»، وفقًا لتفسيرات المعاجم، فلكلّ طائفة جغرافيّتها المغلقة و«كوداتها» الخاصّة التي يلتقطها الآخر من إشارةٍ خاطفة في نطق الحروف، أو طريقة التحيّة، أو اللهجة، أو الأسماء أو أصناف الطعام.

اهتمام رئيس التحرير بإعادة الاعتبار إلى «سرديّات الهويّات الكبرى» إذًا، يأتي من باب النخوة الأيديولوجيّة، خصوصًا أنّ الطائفيّة قد خلعت حزام العفّة علنًا، في ممارسات لفظيّة يوميّة، خارج ما تغرّد به الصحف والمواقع الإلكترونيّة والشاشات. تمزّقات في اللحم الحيّ

للهويّات، ليس في دوائر سجلّات النفوس فقط، بل في لعنة الاسم نفسه، فكان على من يحمل اسم لينين، أو ستالين، أو غاندي، أو روزا، أو علي، أو عمر، أو معاوية، أن يتحمّل وزر خيارات الآباء وارتداداتهم اللاحقة نحو هويّة مذهبيّة ضيّقة، لا تتلاءم مع الذراعين المفتوحتين للفكرة الأولى لحظة الولادة، إنّما تتمثّل في قيم «الحشد والقبيلة»، وتبرير العنف لحماية الذات في المقام الأوّل. جمل مبتورة لحلّ لغز الآخر، كمن ينصب كمينًا بخيط لامرئيّ لاصطياد الطريدة أو الانكفاء عنها. كنت أربك سائق التاكسي، واضعًا إيّاه في حيرة اكتشاف فصيلة دمي، فلغتي في المخاطبة هجينة، تتأرجح بين الفصحى والعامّيّة التي لا تنتمي إلى لهجة صريحة، تتسرّب منها نبرة بدويّة حينًا، وجملة ثقافيّة طورًا. وكان على سائق التاكسي أن يقوم باختبارات عشوائيّة لمعرفة هويّة من يجلس إلى جانبه، كي يختار جهة صحيحة لبوصلة الكلام، خشية أن يقع في خطيئة لا تغتفر. تبدأ المناورة المسليّة بين القطّ والفأر بأسئلة عموميّة تتعلّق بحالة الطقس، أو ازدحام السيّارات في الشوارع، أو أن يضع أغنية شعبيّة أو آية قرآنيّة، في آلة التسجيل. ما إن يطمئنّ إليك، أو العكس حتّى يفتح صنبور السخط، أو يلجأ إلى الصمت التامّ، كي لا يتورّط بما لا طاقة له على احتماله. نصف الساعة التي تجمعني بسائق تاكسي ما، في مستطيل ضيّق، بحجم مقعدين، قد تكون ساحة معركة لغويّة أوسع، يستعمل خلالها السائق/القطّ، لهجته المتفوّقة، ضدّ الفأر المذعور، باختراع سيرة وهميّة لهويّته البوليسيّة التي تتيح له تكتيكيًّا إحراز نصر لفظيّ موقّت يعوّض به خسائره المعيشيّة المضمرة، فهو عمليًّا لا يكتفي بدور القطّ، إنّما يتعدّاه إلى مكانة الوحش، خارجًا من مغارته بخيلاء، يتشمّم رائحة طريدة، إلى أن يعود إلى قفصه، في نهاية ورديّة العمل، على هيئة خروف، وقد خلع جلد الذئب الذي كانه، قبل ساعات فقط.

14

«لم أكن أتصوّر أنّك بمثل هذه القسوة!». ستقرعُ العبارة التي كتبتها لي رهام سمعان، في رأسي، مثل جرس كنيسة، في يوم أحد، مذكّرًا إيّاها بهذا الاتّهام الذي كان مثل طعنة في الأحشاء. وكانت تبرّر قولها بأنّه لو لم تكتب لي تلك العبارة الحاسمة، لما كنّا معًا الآن، في فراشٍ واحد.

لم أنتبه إلى اسمها على شاشة هاتفي، حين رددت على مكالمتها، فقد كنت مشغولًا في تصحيح بروفة كتاب «المنتظم في تاريخ الملوك والأمم» لابن الجوزيّ، نظرًا إلى فداحة الأخطاء التي تخصّ سيرة هذا «العلّامة» وعناوين كتبه. بعد تردّد، اتّفقنا على اللقاء في كافتيريا فندق أورينت بالاس، على بعد أمتار من موقع دار النشر. لهفة صوتها في الاطمئنان عليّ، وهشاشة قلب الطائر المحزون، أزاحا الغيمة السوداء التي كانت تثقل روحي مباشرة. تبخّرت ملوحة ماء الغياب بعد دقائق من العتاب، بتأجّج اللهفة والشوق، كأنّ القطيعة التي نشأت بيننا، في الأشهر الماضية، أطاحت حذرها القديم من تطوّر العلاقة على نحوٍ صريح، بقوّة الهجران، وتفكّك سطوة فتوى التحريم تحت وطأة رغباتها المقموعة بخوض

مغامرة جديدة، واكتشاف عطش جسدها بملامسات أصابع (الغريب) ورائحته، نافيةً فكرة القسوة عنّي باعتذارات متكرّرة. لم أكن على ما يرام. حاولت طيّ تلك الصفحة بالاطمئنان على أحوالها، وكيف كانت تمضي إجازاتها أيّام الآحاد بمفردها؟ فاجأتني بجرعة إضافيّة من الشوق «كنت أفتقدك»، ثمّ أضافت بتردّد: «وأنت ألم تفتقدني؟». أجبتها: «مطر خفيف، كما معنى اسمك تمامًا». أدارت وجهها جانبًا، ثمّ قالت بأسًى: «ظننت أنّني عاصفة رعديّة ممطرة»، ثمّ تهيّأت لحمل حقيبتها ومغادرة المكان. قلت بهدوء: «كانت مجرّد خدعة لغويّة» ثمّ خرجنا معًا بروح عاشقين أدركهما الوله.

15

ابتكر العمّ الثالث تمرينات في القسوة أكثر صرامةً ممّا كان يفعله الآخرون من الأعمام والأجداد، حفاظًا على ما تبقّى من قوّة السلالة وبطشها، وخشية من احتضار هيبة العشيرة إلى الأبد. كان اسمه، وفقًا لنصيبه من كتاب «حياة الحيوان الكبرى»: (فرع)، لكنّ هذا الاسم سيخضع عائليًّا إلى تعديلات متتالية بمجرّد معرفة معناه في الكتاب «السخلة المربّاة بلبن كلبة»، وبسبب صعوبة حفظ الاسم ودلالته المخزية، كان أن أطلقوا عليه اسم «فرخ»، ولأنّه أحسَّ بإهانة لا تحتمل، لانتسابه إلى فصيلة الطيور الهزيلة، أضاف تعديلًا طفيفًا على اسمه، أشاعه في العائلة أوّلًا، وهو «فزع» بما يتلاءم مع ملامحه القاسية وخشونة سلوكه ووحشيّته المبكّرة، وسيعبر النهر إلى الضفّة الثانية منه باسم «فزّاع»، الاسم الذي التصق به إلى آخر يوم في حياته المضطربة. كان فزّاع الهلاليّ مغامرًا حقيقيًّا، أضفى نكهة مختلفة على مرويّات العشيرة، ما جعل الحكايات التي تتعلّق بسيرته تصل إلى مقام الأسطورة، فهي تحتمل الوقائع العجائبيّة مهما كانت غرابتها أو صعوبة تصديق حدوثها، لذلك لم يتردّد الرواة في الإضافة لا الحذف، على واقعة ما، أو استعارة حوادث لا تخصّه وإدماجها في سرديّات

بطولاته الخارقة، فسلخ جلد رجل وقع بين يديه، أو خنق أفعى بالإبهام والسبابة، أو النوم في مغارة ضبع، أو التناوب على وطء تسع نساء في ليلة واحدة، حوادث عاديّة لا تستدعي الدهشة أو الريبة أو الاستنكار.

تلك الظهيرة من تمّوز بشمسها الملتهبة، ستكون يومًا لا ينسى في التقويم الهلاليّ لجهة القسوة: أمر فزّاع فتيان عشيرته بالاستلقاء على ظهورهم بصدورٍ عارية وأذرعٍ مفتوحة على اتّساعها في أرتالٍ متوازية، ووضع أحجارًا صغيرة على جباههم وأيديهم، وهدّد مَنْ تقع أحجاره عن مكانها بعقوبة أشدّ. سيتكرّر مشهد المصلوبين طوال شهرٍ كامل: على مقربة من ساحة التدريب، كانت تنبت رؤوس المعاقبين في قبورٍ عموديّة، يسيل منها الدبس والصرخات ولسع الحشرات. كان فزّاع الهلاليّ قد أدرك بحدسه أنّ زمن الغزو إلى القبائل الأخرى، قد انتهى بلا رجعة، منذ أن بُني أول مخفر للشرطة فوق التلّة المقابلة لضفّة النهر، وأنّ خيل الحكومة هي التي ستفوز في السباق بصرف النظر عن أصالة نسَبها، كما أن البزّة الميري بأزرارها المذهّبة أكثر هيبة من العباءة المقصّبة بخيوط الذهب. هكذا استعرض في ذهنه وجوه سلالته بقصد اختيار أحدهم للتطوّع في الجيش، ليكون الرجل الثاني بعد العمّ الخامس الذي كان أوّل من التحق بكتيبة الهجّانة. قلّب الفكرة برأسه طويلًا، استبعد ابنه الأكبر «غزال» من المنافسة، فرجل بشحمة أذن مثقوبة كانت تتدلّى منها خرزة زرقاء، وعضلات هزيلة، لا يصلح لأن يكون محاربًا، كما أشاح بنظره عن أبناء إخوته كي لا تزداد سطوتهم أكثر، فوقع خياره أخيرًا، على ابنه الثاني سرحان فزّاع الهلاليّ باسمه المخيف، معتبرًا أنّ القدر قد اختاره لمهمّة من هذا النوع، ليس اليوم فقط، إنّما منذ أن تناول الجدّ كتابه من أحد رفوف الخزانة كي يختار اسمًا له، في صبيحة يوم شتويّ عاصف. في ذلك الصباح البعيد، ذهب متعثّرًا بخطواته إلى مضافة الجدّ،

كي يختار اسمًا لابنه الثاني، وكان يخشى أن يهديه اسمًا يدعو إلى التشاؤم، على غرار اسمه. لكن بمجرّد أن نطق الجدّ اسم «السرحان»، وهو أحد أسماء الذئب، أدرك أنّ هذا الطفل سيكون ذا شأن مستقبلًا، وأنّه سيسير على درب أجداده القساة، من دون قرابين لحماية روحه من آثام العشق. بانتهاء معسكر تدريبات القسوة، انتحى فزّاع بابنه جانبًا، وأبلغه قراره بما يشبه الحسم. هزّ السرحان رأسه موافقًا، من دون أن يناقش الأب بكلمة واحدة، واتّجه نحو أمّه التي كانت توقد النار تحت قدور الحليب في فناء زريبة الدوابّ، كي يخبرها بقرار الأب. نظرتْ الجرادة إلى ابنها بإشفاق ثمّ قالت: «ستكون وحشًا أكثر من أبيك، وستفتك بإخوتك قبل خصومك»، ثمّ ملأت طاسة بالحليب الساخن وناولته إيّاها، قائلة: «لعلّ بياض الحليب يحمي قلبك من بذرة الكراهية، قبل أن تنمو في صدرك». كان على سرحان أن يودّع بيوت القرية بيتًا بيتًا، بصحبة أمّه وإخوته، فيما اكتفى الأب بعناقه على عجلٍ، أمام عتبة المضافة ثمّ استدار نحو الداخل. موكب من الخالات والعمّات وأبناء العمومة، نواح عجائز، ونباح كلاب، وخوار أبقار، وغبار طريق ملتوية نحو النهر، وصولًا إلى السفينة التي ستعبر به إلى الضفّة الثانية من النهر، ليسلك وحيدًا، بحقيبة من التنك، ورأسٍ محشوّ بالأوهام، دربًا متعرّجة أخرى إلى حياةٍ لم يخبر أوجاعها بمثل هذا الألم وهذه النشوة. كان سرحان وهو يقترب من شاطئ الضفّة الثانية للنهر يتأمّل كلّ ما يحيط به في نظرة وداع أخيرة، إلى أن توقّفت عيناه عند أطراف المقبرة المحاذية للشاطئ المقابل، فلمح أمّه وقد وضعت يدها اليمنى فوق عينيها كي تحميها من أشعّة الشمس الملتهبة، تراقب عبوره، فهي رفضت مرافقة الموكب العائد إلى القرية إلى أن يتلاشى طيف ابنها في سراب الظهيرة، فكّر لحظة في أن يلوّح لها بيده، لكنّه أدار وجهه مبتعدًا، خشية أن يستيقظ

قلب الطائر بين أضلاعه، وينهار حلم أبيه في تربية الذئب الهلاليّ الأخير. مع غروب شمس ذلك اليوم أحسّت الأمّ بأنّها لن ترى ابنها ثانيةً كما عرفته قبلًا، لكنّها لم تتوقّف عن عادتها في سكب طاسة مملوءة بحليب الماعز فوق رماد الموقد كخطّ دفاع أخير في حماية قلب ابنها من تراكم الوحشيّة في صدره بما يفوق طاقتها على الاحتمال أو التصوّر، وسوف تدهمها منامات مفزعة عمّا ينتظر هذه السلالة من مصائب ومحنٍ متتالية.

16

مع هبوب ريح شرقيّة مباغتة، أحسّت «السمحج» (الأتان الطويلة الظهر) بدوخة أدارت رأسها، وبنشوة أقرب إلى خدر اللذّة، فالرائحة التي تسرّبت إليها من شقوق بيت الشَّعر، لن يخطئها أنفها أبدًا، فما حملته تلك الريح هي رائحة تبغ. كانت السمحج التي اعتادت تدخين السبيل، وهي قصبة طويلة تشبه الغليون، قد نفدت ذخيرتها من التبغ منذ أسابيع، من دون أن يزوّدها أحد بحفنة منه، فقررت أن تتبع الرائحة. مشت مسافة طويلة خارج مضارب القبيلة إلى أن وصلت إلى خندق في عمق وادٍ. أطلّت برأسها نحو الحفرة العميقة فاكتشفت وجود ثلاثة رجال مسلّحين، كانوا أتوا بقصد استطلاع أوضاع القبيلة قبل غزوها، وحين علموا مطلب المرأة، ملأ أحدهم سبيلها بالتبغ، فطلبت تدخين سبيل آخر. ألقى أحدهم نظرة شهوانيّة نحوها، ثمّ اشترط وطأها مقابل حشو سبيلها بتبغٍ آخر، لكنّها رفضت مطلبه، وغادرت الخندق حانقة، مشت مسافة قصيرة، تعثّرت قدماها، أحسّت بجوع رئتيها للتبغ، فعادت إلى الخندق مرّة أخرى مستسلمة، ووافقت مرغمة على الشرط، فأضاف الرجل شرطًا آخر، وهو ألّا تبلّغ القبيلة عن مخبإ هؤلاء الرجال، وأن تدلّهم إلى الجهة التي يدخلون

منها نحو المضارب وإلّا سيفضح فعلتها، فهزّت رأسها بالموافقة، غير عابئة بمصير قبيلتها، كما لو أنّها في غيبوبة. كانت الريح الشرقيّة على أشدّها فجر ذلك اليوم، حين اجتاح رجال بالعشرات مضارب القبيلة، ونهبوا قطعانها من الإبل والأغنام والأحصنة. وفق مرويّات سرّيّة، كان يتداولها بعضهم همسًا، فإنّ السمحج كتمت سرّها عن رجال قبيلتها، لكنّها ستحمل بطفلٍ من نطفة ذلك الرجل المجهول الذي ساومها على جسدها مقابل حفنة من التبغ. كانت طوال أشهر الحمل تتدثّر بعباءة فضفاضة، كي لا يفتضح أمر بطنها، وستدّعي أنّها وجدت الطفل ملفوفًا بعباءة عند فوّهة بئر، أثناء تفتيشها عن الكمأة، في البرّيّة. هذا الطفل سيحمل اسم «السمع»، وهو جدّ السرحان ووالد فزّاع الهلاليّ. كانت جرادة تروي هذه الحكاية لحفيدها أمام موقد الحليب، باعتبارها مجرّد سالفة تخصّ سلالة أخرى، ثمّ اختتمتها بحكمة ذات دلالة «الذئبة التي تلد من ضبع ستجلب العار على أسلافها».

عدا قوّة بطشه، كان فزّاع قد اكتسب حاسّة الشمّ القويّة من أمّه، فهو كان ينهض من نومه فجأة، ويتّجه نحو حظيرة الأغنام، وقد أحسّ برائحة ذئب في الجوار، أو ابن آوى، أو تسلّل لصّ عابر. يكمن له ببندقيّته المحشوّة على الدوام، وما إن يقترب من مكان القطيع، يعاجله برصاصة في رأسه، لكنّ الجرادة، في هذه التوقيت السيّئ للقدر، كانت تتذكّر ليلة عرسها المشؤومة: ما إن أغلق باب الغرفة حتّى بادرني «أعلم أنّك في فترة الحيض، شممت رائحة دمك على بضع خطوات من العتبة، لكنّ رجلًا مثلي لا يؤجّل نشوته إلى الغد»، ثمّ افتضّها في الحال غير عابئ باختلاط دم الحيض بدم عذريّتها.

17

قرأتُ الخبر، من دون اكتراث، قبل نشره في الموقع الإلكترونيّ بدقائق، فقد اعتدت أخبارًا مشابهة تتعلّق بقتلى الحرب. أرقام تتصاعد وتهبط، تبعًا لهمجيّة القتل وضراوة العنف. فقط، كنت أتأكّد من صحّة كتابة الرقم وفقًا لقواعد كتابة الأعداد، فالموتى مجرّد أرقام بلا أسماء، شهداء هنا، وقتلى هناك أو العكس، وتاليًا، فإنّ خبرًا مثل «استشهاد ثمانية عشر عسكريًّا في معركة حلب الكبرى» كان سليمًا من الناحية اللغويّة، إلّا أنّ مواقع إلكترونيّة مطّلعة، وتعليقات على مواقع التواصل الاجتماعيّ، تداولت حكاية مختلفة تمامًا عن صحّة الخبر، أو أنّه كان صحيحًا، شكلًا لا موضوعًا، ففوضى الحرب أحالت حلب مدينةً منهوبةً، تتوزّعها مافيات بأسماء تعود جذورها إلى صحابة النبيّ، وأخرى بأسماء مواقع عثمانيّة، وثالثة بمرجعيّات فارسيّة، ورابعة بلافتات معاصرة، تبعًا لمعتقداتها الأيديولوجيّة أو المذهبيّة. هكذا تحوّل عامل التمديدات الصحّيّة الذي بات عاطلًا من العمل – بمجرّد ارتدائه بزّة عسكريّة غنمها من أحد مستودعات الجيش – جنرالًا بأوسمة، ثمّ ألّف كتيبة اقتحام خاصّة لا تتبع جهة معلومة، متكّئًا على إفرازات فوضى القتال، وكان هذا الجنرال المزيّف

هو من أشرف شخصيًّا على تهيئة جثامين الشهداء ولفّها بعلم البلاد، لتجنّب خطر حاجز للجيش، لا بدّ من المرور به. وقف باستعداد خلال الاستعراض العسكريّ، بنظرة تقطر حزنًا وخشوعًا إلى الموكب لحظة مغادرته الساحة.

كان الجنرال، وفقًا لسيناريوات مضادّة، قد أعدّ مشهدًا سورياليًّا بمنتهى الاحتراف: عدا تابوتين ضمّا جثماني ضابطين، كانت بقيّة التوابيت المغلقة بإحكام مملوءة بغنائمه الشخصيّة التي جمعها طيلة أشهر من حصار المدينة، سبائك ذهب، وحليّ، وألماس، ولقى أثريّة نفيسة، وأحجار كريمة، ومخطوطات نادرة، وعملات صعبة، ستذهب جميعها إلى مخازن سرّيّة أعدّها سلفًا، في قريته الجبليّة البعيدة. لم يكتفِ رئيس تحرير الموقع بنشر هذا الخبر، بل خصّص افتتاحيّته لمناقب هذا الجنرال وشجاعته في اقتحام أحياء المدينة القديمة وتحريرها من «الجرذان»، بعبارات تعبويّة لطالما ردّدها في مناسبات مماثلة، وقد أطاح معجم السرديّات الذي اعتمده في افتتاحيّاته السابقة، فهو اعترف مواربة في أحد اجتماعات التحرير بأنّه ضدّ المصطلحات المعقّدة التي يستعملها إدوارد سعيد وأمثاله، غامزًا من قناة المحرّر السرّيّ الذي كان يكتب له افتتاحيّاته، فهي لم تلقَ صدى مقبولًا لدى بعض الجهات ومموّلي الموقع، مؤكّدًا تعزيز روح الأمّة وأمجادها في هذه اللحظة التاريخيّة الحرجة، وأثنى على محرّرة الأبراج واعتنائها ببرج الثور فلكيًّا، البرج الذي تنتمي إليه شخصيّة مرموقة في البلاد، وتتابعه يوميًّا، مع قهوة الصباح، فهي تبرمج عملها في ضوء توقّعات برجها. كان عملي في الموقع يمضي بمشيئة التعليمات، وإن لم تصبني مباشرة، فقواعد اللغة هي نفسها، أمس واليوم، لكنّني كنت أراقب من بعد، من وراء الحواجز الزجاج، ما يجري في صالة التحرير، وممرّات الموقع، ومكتب رئيس التحرير،

وحركة الأيائل في قسم «الموارد البشريّة» التي لا تخلو من ألغاز لجهة الاختفاء المباغت لإحداهنّ، لمصلحة رجال أعمال غامضين كانوا يتردّدون إلى مكتب رئيس التحرير في زيارات خاطفة تتخلّلها حركة غير عاديّة من وإلى المكتب، بما يشبه كواليس عروض الأزياء. كنت أتهيّأ للخروج من المكتب، عندما ناولني الساعي بطاقة مذهّبة، تشبه بطاقات الأعراس، وضعتها في حقيبتي على عجل واتّجهتُ إلى المصعد للالتحاق بموعد مع رهام سمعان التي هدّدتني أمس بأنّها ستغرقني ببئر لذّتها، دلوًا دلوًا، بحسب تعبيرها، وقد تخلّصتْ من ثقل تعاليم كتابها المقدّس.

كان الثلج يهطل في الخارج، بعد سنوات من القحط، أنعشني منظر الثلج قليلًا، خصوصًا أنّني ربطت مشهد الثلج بطوفان بئر اللذّة الذي هدّدتني به رهام، في واحدة من اندفاعاتها الغريزيّة المباغتة. عبرتُ الشارع نحو الرصيف الثاني على مهل، صعدت إلى أوّل حافلة مقبلة من الأوتوستراد. لم أجد مقعدًا فارغًا، فأمضيت المسافة واقفًا، أركّب صورًا متناقضة في مخيّلتي: ثلج، طوفان، غبش زجاج، نبيذ مؤجّل، نوتات موسيقيّة غير مكتملة، برابرة، مخطوطات، تأخير المبتدإ على الخبر، لا النافية للجنس، ليل، انفجارات بعيدة، نباح كلب، معاجم، ملاءة منقّطة بعبّاد الشمس، ثمّ ستعتذر رهام عن المجيء، ثمّ لم يتوقّف الثلج، ثمّ إنّه يتساقط بكثافة.

كنت أراقب من نافذة الحافلة بقايا آثار خطوات الجدّ السابع فوق الثلج، قبل أن تحمله العاصفة بعيدًا، أثناء عودته ليلًا من غزوة مظفّرة، لتدفنه تحت طبقات الثلج، في تلك الليلة المشؤومة، ويغيب في البياض مثل روحٍ طاهرة تحلّق عاليًا. شتاء أحال الصحراء أرضًا لانهائيّة من البياض، عدا آثار حوافر وأظلاف وأقدام، لم تصمد طويلًا أمام كثافة الثلج الذي استمرّ سبع ليالٍ متواصلة، فنفقت الدوابّ

ليلة وراء أخرى، الأمر الذي اضطرّ الجدّة الكبرى إلى التضحية بمخزون مؤنتها من الدبس والتمر والسمن واللبن والجراد المجفّف. لن يكتفي الرواة اللاحقون بسبع ليالٍ من الثلج المتواصل، إنّما جعلوها، في مرويّاتهم التالية، تسع ليالٍ، بما يضع الحكاية في باب التراجيديّات الكبرى للقبيلة، وسيضيفون بسلاسة فرس الجدّ الشقراء إلى الوليمة، كي لا تموت سلالته من الجوع بفعل قوّة العاصفة أوّلًا، وكنوعٍ من إضفاء صفات الكرم والبسالة والنبالة إلى مناقبه الأخرى، في إحالة مباشرة إلى شخصيّة حاتم الطائيّ الذي لم يتردّد - ذات يومٍ - عن ذبح حصانه لضيوفٍ طارئين. بالنسبة إلى الجدّة الكبرى التي انتهت إلى خبز الشعير، وتربية الدجاج، وقلّة الحيلة في مواجهة القحط، فقد وجد الرواة مسلكًا آخر للحكاية، وذلك لحماية حياتها المحزونة من آثام التاريخ وأفعاله القاسية حيال قدّيسة مثل الجدّة الكبرى، فأحضروا طيور النعام والطواويس والبطّ بدلًا من الدجاج، إلى سيرتها، بما يرفع من شأنها، ويليق بمكانتها المباركة، حتّى أنّ نعامة بريش ملوّن، من نعاماتها الثلاث، كانت تمتلك في حوصلتها دنانير ذهبًا، تودعها تحت مخدّة نوم الجدّة، كلّما دهمها منام ملغز، أو واجهتها محنة عصيبة، ثمّ إنّ رهام لم تأتِ، وما زال الثلج يتساقط بكثافة.

18

«أريد تفسيرًا مقنعًا لما كتبه الرقيب على حاشية هذا المخطوط»، قالها هشام البارودي ساخطًا، وهو يناولني ورقة بالملاحظات المرفقة بالمخطوط: حذف العبارات الآتية (حرب أهليّة، رائحة قذرة، قبيلة لصوص، مدينة الوحل...)، حذف الفقرة الثالثة من الفصل الخامس، حذف كلّ ما يتعلّق بالطوائف ونبش الضغائن والأحقاد وإثارة الفتن. كان المخطوط يحمل اسم رحّالة فرنسيّ يدعى لويس فيليسيان دو سولسي أتى بلاد الشام في القرن التاسع عشر، وقد زار بيروت ودمشق والقدس، وكتب انطباعاته عن هذه المدن التي كانت تخضع حينذاك للسلطنة العثمانيّة، في حقبة «الرجل المريض»، ورغم أنّ المخطوط كان لا يخلو من نبرة استشراقيّة في بعض أبوابه، إلّا أنّه كان ينطوي على مشاهدات مهمّة تتعلّق بالعادات والأعراف التي تخصّ بعض الطوائف، من واقع مشاهداته الشخصيّة، مثل الغدر والدهاء والكسل والعصبيّة الدينيّة، بقسمة بدت للرقيب غير عادلة بين طائفة وأخرى. في المقابل، أثنى الرقيب في السطر الأخير من حاشيته، على وصف الرحّالة المواقعَ الأثريّة والقلاع، والمناخ الساحر الذي تتمتّع به هذه المدن، خصوصًا وصفه أصناف النبات والحيوان في هذه

البلدان. أعدتُ ورقة الملاحظات إلى الناشر، ثمّ قلت باستهزاء: «ما يرغبه الرقيب هو الجانب السياحيّ من الرحلة، الدروب المتعرّجة في الجبال، ورائحة شجر الصنوبر، ودكاكين العطّارين، ومشاغل الخزف، أما ما عدا ذلك فهو مرفوض، وينبغي شطبه من الأصل». اقترح عليّ معالجة علل المخطوط بقصد تحسين زمرة دم الطوائف المذكورة، وإقصاء كلّ ما يتعلّق بالهويّات الدمويّة بين صفحاته. أجبته: «لنفترض أنّني أعملت مقصّي بالعبارات المرفوضة، وهذا ما لن أفعله كي لا يقع التشويه في المتن، فإنّ المخطوط سيخرج من المطبعة/المدجنة، على هيئة ديك هزيل منتوف الريش بعرف مائل إلى الأسفل». وضع رأسه بين يديه برهة إلى أن لذعت جمرة سيجارته طرف إصبعه، ثمّ قال بيأس: «دعِ المخطوط جانبًا، وسنرى ما نفعل لاحقًا». حملت المخطوط، واتّجهت إلى مكتبي. قلّبت صفحاته من دون اكتراث، وأنا أفكّر في عدد الكتب المحرّمة التي مُنع نشرها رقابيًا، بسبب عبارة، أو بتهمة الإلحاد والهرطقة، أو بداعي الفحش ومجافاة الحياء، وكيف ازدحمت قواميس اليوم بصفات مثل: ملحد، زنديق، فاسق، مارق، كافر، وبكلّ ما يقود إلى وأد العقل، في محرقة كونيّة، لم تنطفئ نارها منذ القرن الثاني عشر إلى اليوم. لم أجد ما يستدعي الحذف، ذلك أنّ ما كتبه الرحّالة هو مشاهداته الشخصيّة في المقام الأوّل، ولا يعقل أن تكون طوائف القرن التاسع عشر بأحسن حال، إلّا إذا كانت الحروب الأهليّة التي خاضتها حينذاك محض خيال!

وضعتُ المخطوط جانبًا، والتفتّ إلى عملٍ آخر. كان عليّ أن أكمل عملي على تدقيق النسخة الجديدة من كتاب «المنتظم في تاريخ الملوك والأمم» لابن الجوزيّ الذي كتبه في القرن السادس الهجريّ، هذا القرن الذي شهد اضطرابات زعزعت استقرار دولة الخلافة، وظهور طبقة العيّارين والشطّار الذين عاشوا في البلاد

فسادًا (لا أعلم لماذا حضرني في هذه اللحظة رئيس تحرير الموقع الإلكترونيّ!)، ثمّ سأجد عنوانين للكتاب، أحدهما غابت عنه كلمة «الملوك»، ليصبح العنوان «المنتظم في تاريخ الأمم»، فهل أطاح أحد محقّقي الكتاب هذه الكلمة انتقامًا من تاريخ الملوك المثقل بالآثام أم إنّها سقطت سهوًا؟ لكنّ محنة ابن الجوزيّ لم تنته هنا، فعندما تولّى ابن يونس الحنبليّ الوزارة في عهد الخليفة الناصر قرّب ابن الجوزيّ منه وقد استشاره بحرق كتب الركن عبدالسلام بن عبدالوهاب لما فيها من الزندقة وعبادة النجوم ورأي الأوائل، فوافق على ذلك، وحين تولّى الوزارة ابن القصّاب سعى في القبض على ابن يونس الحنبليّ وتتبّع أصحابه بتحريض من الركن عبدالسلام الذي أجّج نار الحقد في قلبه على ابن الجوزيّ ووشى به إلى الخليفة الناصر، وكان له ميل إلى الشيعة، فمنحه تفويضًا بعقابه. هكذا أتى إلى دار ابن الجوزيّ وقذفه وأهانه، وأخذه قبضًا باليد وختم على داره، ثمّ جرّه من بيته وعليه غلالة بلا سراويل وأركبه سفينة بقي فيها خمسة أيّام، لم يتناول خلالها طعامًا، إلى أن أوصله سجن واسط، وبقي محبوسًا نحو خمس سنوات إلى أن شفعت أمّ الخليفة فيه عند ابنها الناصر، ولم يعش بعد ذلك أكثر من سنتين، وكان يردّد في أواخر أيّامه «الزمان لا يتّسع، والعمر ضيّق، والشوق يقوى، والعجز يظهر، فيبقى بعض الحسرات».

ستقابلني معضلة أخرى تتعلّق هذه المرّة بعدد كتب ابن الجوزيّ، فقد اختلف المؤرّخون في عدد تصانيفه، وذكر بعضهم أنّها نحو 519 مصنفًا، ثمّ 250 مصنّفًا، ثمّ 300 مصنّف، وسُئل ابن تيمية عن عددها، فقال: «رأيتها أكثر من ألف». سأكتفي بواحدٍ وستّين عنوانًا، تلك التي يرد ذكرها في معظم المراجع التي تناولت حياة ابن الجوزيّ ومؤلّفاته. أخبرت صاحب دار النشر بأنّني أتممت تدقيق الكتاب، وقبل أن أخرج من مكتبه، خاطبني بثقة: «سيأتي يوم ونطبع كتاب

الرحّالة كاملًا». كان رأسي مثقلًا بالتواريخ القديمة المزوّرة، وفتاوى الفقهاء، والتعاليم السرّيّة للطوائف، بالتناوب مع صورة رهام سمعان التي كانت تنتظرني أمام سور المتحف. آثرت أن أتجنّب شارع المكتبات التراثيّة بالذهاب نحو أزقّة جانبيّة، أقلّ ازدحامًا وعدوانيّة، فكلّما مرّرت بهذا الشارع، انتابني إحساس بأنّني محاصر برماح غزاة، وسيوف محاربين، وضباع قبائل تطارد عشّاقًا محزونين، وسراب صحراء لانهائيّة، صحراء ستتكشّف عند السور الحجر للمتحف عن بستان من الزهور المنثورة بفوضى فوق فستان فضفاض، كانت ترتديه رهام تحت معطف مفتوح من الصوف، وجزمة بعنق طويل مصنوعة من جلد الغزال. عبرنا حديقة المتحف الحربيّ نحو سوق الصناعات اليدويّة. توقّفت رهام أمام مدفع قديم وصدئ في واجهة المتحف كي تلتقط صورة سيلفي كذكرى. فالمدفع كان أحد الأسلحة التي استعملها وزير الحربية يوسف العظمة في مواجهة زحف جيش الاحتلال الفرنسيّ إلى دمشق، في عشرينيّات القرن المنصرم، إلّا أنّ عبارته التي قالها قبل أن يتوجّه إلى ميسلون، ستبقى أمثولة في كتاب التاريخ المدرسيّ «لن أدعَ التاريخَ يُسجّلُ أنّهم دخلوا سوريا بدون مُقاومة». لم تهتمّ رهام بما قلته لها عن موقعة ميسلون، فقد كانت منهمكة في الفرجة على واجهات المتاجر لشراء شال من الحرير الهنديّ. أضفت ونحن نجتاز الساحة إلى الجهة الثانية: «هناك مؤرّخون أوردوا معلومات مضادّة تنسف كلّ ما حفظناه عن هذه الموقعة». لم تنصت إلى ما قلته أيضًا، إنّما راحت تجرّب خاتمًا من الفضّة تتوسّطه ياقوتة خضراء، كان قد لفت انتباهها في واجهة متجر للفضّيّات، لكنّها خلعته على الفور، لتجرّب خاتمًا ثانيًا وثالثًا، من دون أن تستقرّ على خاتمٍ محدّد، جريًا على عادتها في التردّد والحيرة، صراع الإيمان والعقل في الإقدام والإحجام، وفي الغموض والتخفّي

والوضوح، وفي العرفانيّة وعطش الجسد، تبعًا للنوبات التي تباغتها من تعاليم شفيعها القدّيس أُغسطينوس. بعد جولة مرهقة بين متاجر الأقمشة الشرقيّة، اختارت شالًا أصفر منقّطًا بالأزرق، اعتبرته مناسبًا للون فستانها، ربّما كان الشال التاسع الذي جرّبته أمام مرآة طويلة في عمق المتجر، قبل أن نتّجه إلى بار قريب. لم يكن مزاجي رائقًا لاستعادة الحكاية المضادّة لما حدث في موقعة ميسلون، لكنّ رهام أصرّت على سماعها، كنوع من التعويض عن عدم اكتراثها قبلًا، بما رويته لها أثناء جولتنا في سوق الصناعات اليدويّة. بمشيئة النبيذ وموسيقى بيانو خافتة، ورقّة الحرير على كتفيها، ستنعطف الحكاية نحو تاريخ الحرير الدمشقيّ - بوحيٍ من شالها الملوّن - وكيفيّة احتضار هذه المهنة بافتعال حرائق لورشات البروكار قبل نحو مئتي سنة، بمؤامرة حاكتها مطابخ سفارات أجنبيّة متضرّرة من ازدهار هذه المهنة في الشرق. كانت رهام قد خلعت عباءة معلّمة اللغة الفرنسيّة التي تعمل في مدرسة أحد الأديرة الأرثوذكسيّة، واستعارت هيئة لبوة جريحة، طوال تلك الليلة، بوعد أن تتحرّر من عبء محرّماتها إلى الأبد، وكانت تهذي بالفرنسيّة كلمات لا تعيق شهوانيّتها ورغباتها الموؤودة، كما تفعل لغتها الأمّ.

19

فور وصولي إلى مبنى الموقع الإلكترونيّ، اتّجهت إلى مكتب رئيس التحرير مباشرة للاعتذار منه عن عدم حضوري حفلة تتويجه بالدكتوراه الفخريّة، مبرّرًا غيابي بأنّني لم أنتبه إلى محتوى البطاقة التي ناولني إيّاها ساعي المكتب عند باب المصعد، قبل يومين، وهنّأته بعبارات أنيقة، أنهيتها باقتباس شطر بيت من المتنبي في مديح سيف الدولة الحمدانيّ «على قدر أهل العزم تأتي العزائم»، أرضى غروره، ثمّ انسحبت – في غمرة انشغاله باستقبال ضيوف جدد – إلى مكتبي، وأنا أفكّر في الجهة التي منحته هذه الدكتوراه، هل هي مزرعة لتسمين العجول أم مركز أبحاث وهميّ، من تلك المراكز الغامضة التي انتشرت في البلاد خلال السنوات الأخيرة؟ ذلك أنّ غزو «الدال» المزوّرة اجتاح الجامعات والمؤسّسات الحكوميّة كسلّم للصعود إلى الوظائف العليا، ولم يعد الحصول على «الدال» يحتاج إلى جهد، فعدا الدال الفخريّة التي يمكن تزويرها بعمليّات الفوتوشوب، تقوم جامعات وهميّة بمنح مَن يرغب درجة الدكتوراه، بأجر مدفوع، من دون مرافعة أو تدقيق بمحتوى الرسالة، كما أنّ وجود ورشات لكتابة الأبحاث الجامعيّة، سهّل المهمّة على من يريد الحصول على

هذا اللقب العلميّ الرفيع، حتّى أنّ أمين مستودع جامعة حكوميّة، كان يبيع رسائل الدكتوراه التي مضى عليها عقود لمن يحتاج إليها، بعد طيّ الصفحة الأولى وإجراء تغييرات طفيفة على عنوان الرسالة وتاريخ طباعتها، ورغم نشر وقائع هذه الفضيحة العلميّة في إحدى الصحف المحلّيّة إلّا أنّ الأمر لم يثر صدًى لدى أحد، بالقدر الذي يثيره خبر عن القبض على شبكة دعارة، أو عصابة بيع مخدّرات، أو جريمة شرف. كانت افتتاحيّة رئيس التحرير الأولى التي تحمل توقيعه مسبوقًا بدال نقطة، خلطة من شعير اللغة، وحصى المصطلحات، بما يوحي بمخزون عجائبيّ من المفردات المتناقضة، من دون أن تقع على جملة مفيدة. سيولة لفظية لكلّ ما لا محلّ له من الإعراب، وما هو فائض عن حاجة القارئ، وذلك باستدعاء هويات منقرضة لا وجود لها خارج المتحف، بما يشبه الفزْعة لدى قبائل البدو. في مقطعٍ لاحق لا صلة له بما سبقه من ترّهات، سوف يعقد مقارنة بين معنى «سوريّة»، و«سوريا»، ودلالة التاء المربوطة والألف الممدودة في الاسمين، وربط الأولى بالربّة السورية عشتار، مرورًا بالحضارة السريانيّة، ومعناها في الآراميّة «السيّدة»، مختتمًا إيّاها بضربة مؤثّرة «لا يخذل سادةً في محنةٍ إلّا عبيدٌ في نعمة». لا تحتاج مثل هذه الفقرة إلى مشقّة في اكتشاف مصدرها الأصليّ، إذ تحتشد وسائط الميديا بصنابير مفتوحة من ماء الأجداد المقدّس، ووشوم أبجديّتهم الأولى، وفي المقابل سيلجأ هؤلاء إلى إنكار ضربات معاول التاريخ اللاحق لهذه الأبجديّة التي مُحيت على مراحل تبعًا لشعار كلّ حقبة، والحيرة في ترتيب ألوان العلم الوطنيّ، وفقًا لجهة هذا الانقلاب العسكريّ أو ذاك، ونبش أو ردم خرائط الأمس، والاختباء في شقوقها، مثلما يفعل خُلد أعمى في هندسة أنفاقه وسراديبه السرّيّة طلبًا للنجاة الموقّتة من عاصفة وشيكة.

20

كان أوّل امتحان واجهه السرحان فزّاع الهلاليّ في ثكنة التدريب العسكريّ تحمّل سخريات الآخرين من لهجته البدويّة، والتعامل معه بدونيّة، إضافة إلى إهانات لفظيّة من طراز «حيوان»، و«جحش»، و«بغل»، إهانات تقع في باب الكبائر بالنسبة إلى ذئب بدويّ مثله، لطالما تفوّق على رفاقه في تمارين الجري، واختبارات الرّمي، والنخوة، لكنّه في موعد ذلك العشاء المشؤوم لم يحتمل الإهانة الثقيلة التي كانت في انتظاره، أو كما هو مخطّط لها أن تكون، كنوع من التسلية ومقاومة الضجر في تلك البقعة الجبليّة النائية، فقد أمره الرقيب أوّل المشرف على أعمال المطبخ بتنفيذ إيعاز «منبطحًا» في الممرّ الذي يفصل بين الطاولات المعدن في مطعم الجنود الأغرار، وأن يضع يديه وراء ظهره، ويتناول حساء الشوربا، كما يفعل كلب، وعندما تلكّأ في تنفيذ الأمر، ضغط الرقيب أوّل بمقدّم بسطاره فوق رأس السرحان بقصد تنفيذ العقوبة. خلال ثوانٍ، تذكّر السرحان طاسة حليب الماعز التي كانت أمّه تنصحه بها، من أجل بياض قلبه، لكنّ قلب الذئب الذي كان يخفق بين أضلاعه بقوّة، في تلك اللحظات العصيبة، انتصر على ما عداه، فنهض واقفًا، وقد أوقع الرقيب أوّل على قفاه، بعد أن فقد

توازنه، ما أثار ضحكات مكتومة من زملائه في المعسكر التدريبيّ، ثمّ تناول قصعة الشوربا ودلقها فوق رأس الرقيب. كان ضابط الموقع يقوم بجولة ليليّة، في المكان، فرأى المشهد كاملًا لحظة دخوله المطبخ. أمر الضابط بحبس السرحان في زنزانة منفردة، لكنّه في قرارة نفسه أُعجب بهذا الوحش الصغير بعينيه الذئبيّتين وسحنته الداكنة ولياقته البدنيّة، فأصدر قرارًا، بعد تنفيذه العقوبة، بأن يُنقل العسكريّ المتطوّع السرحان فزّاع الهلاليّ إلى الإدارة بصفة مرافق شخصيّ له.

سيروي سرحان هذه الحادثة لاحقًا، في مضافة أبيه، بتفاصيلها الدقيقة وليلة وقوعها وكيفيّة تنفيذها، وستتذكّر أمّه الجرادة أنّها لم تدلق طاسة حليب الماعز فوق الموقد، لحماية قلب ابنها البعيد من تراكم الوحشيّة في صدره، إذ دهمتها تلك الليلة حمّى مباغتة منعتها من ممارسة طقسها اليوميّ، في التوقيت نفسه، بعد صلاة العشاء بقليل، ثمّ ستهجر طقس ساعة حليب الماعز، بعد إصابتها بمرض وجع الركب، وتكليف ابنتها الغزالة مهمّة إيقاد النار تحت قدور الحليب، فيما سيشمّ الأب رائحة ذئب بأنياب حادّة، يتكّئ إلى جواره، على الوسادة نفسها، ثمّ سيستسلم إلى خدر طمأنينة، كان يخشى فقدانها في سلالته إلى الأبد.

وفقًا لصورٍ فوتوغرافيّة قديمة، ومرويّات، وحدس بدويّ، على الأرجح، فإنّ الشخص الذي لمحتهُ في بهو البناء الزجاج للموقع الإلكترونيّ، بنجومه اللامعة على كتفيه متّجهًا إلى المصعد مع حاشيته، هو أحد أحفاد السرحان فزّاع الهلاليّ، عدا ملامحه القاسية وسحنته الداكنة وأنفه الأفطس، فقد شممتُ رائحة ذئب، واستغاثة خراف كانت تعلو كلّما اقتربت خطوات الحفيد من المصعد، حتّى أنّني لم أعد أسمع صوت الموسيقى الكلاسيكيّة التي كانت تنبعث

من مكانٍ ما في المبنى. تردّدت في سؤاله عن اسمه، خصوصًا أنّني لم أعد أنتمي إلى قبيلته، إثر هجرات متتالية، محت الهويّة الأولى تمامًا، إلّا أنّ صورته لم تغادر مخيّلتي، وأنا أنتظر وصول المصعد ثانيةً.

21

ماذا لو رويت لرهام سمعان وقائع الحكاية المضادّة عن سيرة يوسف العظمة بذلك اليقين الذي كنت عليه، قبل أن أهتدي إلى موقعٍ إلكترونيّ رصين متخصّص بتاريخ سورية المعاصر، ينسف معلوماتي عن تلك الموقعة؟ كان الموقع مزوّدًا بأرشيف ضخم من الصور الفوتوغرافيّة والوثائق والبطاقات البريديّة والطوابع، وما كتبته صحف كانت تصدر حينذاك عن وقائع تلك الفترة المضطربة من تاريخ البلاد في المرحلة الفاصلة بين أفول السلطنة العثمانيّة، والعتبة الأولى للانتداب الفرنسي. صحيح أنّ رهام نسيت الأمر تمامًا، ولم يعد يعنيها من هو يوسف العظمة أو سواه، عدا تلك الصورة التذكاريّة التي التقطتها أمام حديقة المتحف الحربيّ، إلّا أنّني بعد اشتغالي بتحقيق بعض الكتب التراثيّة وتدقيقها لغويًّا، وقعتُ في فخ المقارنات بين نصٍّ وآخر، وبين جسدٍ وآخر، ورائحة ورائحة أخرى، وخطٍّ مكتوب باليد وخطٍّ آخر. كانت مرويّات شفويّة تشير إلى أنّ يوسف العظمة قُتل برصاصة من الخلف بفعل خيانة من بعض ممّن خرج معه لمواجهة الحملة الفرنسيّة التي قادها الجنرال غورو لاحتلال دمشق، إلّا أنّ هذه المرويّات بقيت في الظلّ كي لا تهدم الأمثولة،

كما أنّها لن تصمد طويلًا، في حال فحص وثائق تلك الفترة، من دون تحيّز. أوّل الأخطاء القاتلة في بناء هذه السرديّة يتعلّق بكيفيّة استقبال أهالي دمشق الجنرال غورو بالأهازيج في ظهيرة الرابع والعشرين من تموز العام 1920، وهو يستقلّ عربة تجرّها خيول، ثمّ كيف حلّ وجهاء وثاق خيول العربة، وربطوا أجسادهم مكانها، وجرّها في شوارع دمشق ابتهاجًا بهذا الحدث العظيم. تفيد الوثائق الفرنسيّة والصور الفوتوغرافيّة وصحف ذلك اليوم، بأنّ من زحف إلى دمشق هو الجنرال غوابيه، وليس الجنرال غورو، فبحسب التقرير الذي نشرته مجلة «إليستراسيون» الفرنسيّة، لم يدخل الجنرال غورو دمشق إلّا بعد أن غادرها الملك فيصل وحاشيته في الأسبوع الأوّل من آب، كما تخلو محفوظات الأرشيف الفرنسيّ من أيّ صورة للجنرال غورو وهو يستقلّ عربة تجرّها خيول، رغم وجود فريق من المصوّرين كان يوثّق موكبه، وتاليًا، يستحيل أن يتجاهل المصوّرون لحظة تاريخيّة ونادرة مثل هذه، إنما كانت أغلبيّة الصور التي نشرتها الصحافة الفرنسيّة للحظة دخول الجنرال غورو دمشق تظهره وهو يستقلّ قطارًا، ثمّ وهو يمتطي حصانًا. وسوف تضع صحيفة «العاصمة» التي كانت تصدر في دمشق، مانشيت في صفحتها الأولى بعنوان «فخامة الجنرال غورو» قبل أن تضيف في متن التقرير أنّه «المندوب السامي في سوريا وكيليكيا»، وكيف اكتظّت ساحة محطّة الحجاز للسكّة الحديد بمستقبليه، ثمّ امتطى حصانه في اتّجاه قصر في حيّ المهاجرين اتّخذه مقرًّا لإقامته، تتقدّمه كوكبة من الفرسان، وحرس الشرف، وفرقة موسيقيّة. كما سيؤكّد تقرير الجنرال غورو عن معركة ميسلون أنّ يوسف العظمة قُتل في تلك الموقعة «مات جنديًّا بشجاعة في أرض المعركة، بعد إصابته في رأسه وصدره»، وهو ما ينفي الوقائع المتداولة عن إصابته برصاصة من الخلف، لكنّ مرويّات أخرى تؤكّد أنّ خيانة ما حصلت في ذلك

اليوم، بلجوء الفرنسيّين إلى استعمال الحيلة، وذلك بإرسال خمسين رجلًا من قرية حلوى المجاورة لميسلون، وخدعوا ضبّاط الجناح الأيسر واشتركوا معهم في هجوم على الفرنسيين، وفي منتصف المعركة انسحب هؤلاء إلى الخلف وأمطروا الجناح الأيسر بالنار، وكان الفرنسيّون يهاجمونه من الأمام، حتّى قضي على مقاومته وانسحب الجند الباقون. لكنّهم أعدموا كثيرًا من الذين خانوهم بعد الانسحاب من المعركة، كما هجم قطّاع الطرق من القرى المجاورة على الجنود المنسحبين وسلبوا أسلحتهم وعتادهم وأموالهم.

كنتُ أفكّر، وأنا أقلّب الوثائق والصور، في مصير ليلى ابنة يوسف العظمة التي ورد اسمها أكثر من مرّة في تلك الوثائق بوصفها أمانة في عنق الملك فيصل الأوّل، قبل أن يتوجّه والدها نحو موت مؤكّد. قلت لنفسي متحسّرًا «كأنّ التاريخ مجموعة وثائق عن الخزي، وليس سجلًّا للفضيلة، كما لو أنّ المؤرّخين يلجأون إلى مسلك القطط، في إخفاء براز التاريخ تحت التراب، خشية هبوب الرائحة العفنة». ووفقًا لمراجع متضاربة، فإنّ زوجة يوسف العظمة «منيرة»، وهي من أصل تركيّ، غادرت وطفلتها «ليلى» دمشق إلى إسطنبول، ثمّ ماتت بعد سنواتٍ قليلة، فنشأت ليلى يتيمة ومشلولة وشبه عمياء، وبمرتّب ضئيل خصّصته لها الحكومة السوريّة، قدره مئتا ليرة سوريّة، فيما اكتفى يوسف العظمة بنصب متواضع في إحدى ساحات دمشق.

22

بدت سلسلة الرتب العسكريّة التي كانت تتراكم على كتفي الضابط كاف، كما لو أنّها فوق كتفي السرحان الهلاليّ نفسه، فهو ليس مجرّد مرافق لحماية الرجل الذي صعد خلال سنوات إلى مواقع أمنيّة مرموقة، إنّما ناطق باسمه، وحامل سيفه، وحارس ظلّه، وكان ضحايا له يخشون السرحان أكثر ممّا يخشون معلّمه، لقوّة بطشه، وقلّة صبره، كما سيمنحه لقبه الجديد «أحمر عين» سطوة إضافيّة في إنجاز الصفقات الشائكة التي يُكلّف بها، وسيحتاج إلى وقت طويل إلى إدراك المعنى اللغويّ لمصطلح «مهمّة لوجيستيّة»، هذا المصطلح الذي سيفسّره بعد عناء، على أنّه وجه آخر للغزو الذي كان من اختصاص أجداده. بهذا الفهم، استباح «أحمر عين» كلّ ما تقع عليه عيناه بإشارة من سيّده، وأحيانًا بأوامر من زوجة المعلّم، كما تعلّم كيف ينجز صفقات جانبيّة تخصّه مباشرة، مثل الاستيلاء على أراضٍ في الأحياء العشوائيّة، أو بناء محالّ تجاريّة في حديقة عامّة، وتحصيل رخص أكشاك لبيع التبغ والمياه الغازيّة، والعمل في تجارة الإسمنت والحديد، وتسيير معاملات غير قانونيّة في المؤسّسات الحكوميّة، والحصول على جعالات شهريّة من الملاهي الليليّة مقابل حماية أصحابها من دوريّات التموين والأمن

الجنائيّ، كما وضع تحت حمايته مجموعة من المواخير السرّيّة التي يتردّد إليها معلّمه في أوقات ضجره، كنوع من التذكارات السعيدة للزمن الآفل، قبل أن يمتلك قصره الخاصّ، وجواريه وخدمه، وجلسات الساونا والمسّاج والخمور الفاخرة، وصار اسم «أحمر عين» يثير الفزع أينما حلّ صاحبه كذئب منفرد لا يتوانى عن اقتحام أيّ حضيرة في وضح النهار، وتمزيق أحشاء الخراف المذعورة بنظرة من عينيه الحادّتين ونبرة صوته الحاسمة مثل سيف جدّه الحادي عشر. كان الضابط كاف يسترجع حادثة قصعة الشوربا أمام ضيوفه كلّما شكا له أحدهم قوّة بأس السرحان، وينهيها بضحكة مجلجلة، كنوع من الفخر باكتشافه هذا الوحش البرّيّ مصادفة، في تلك الليلة المقمرة البعيدة، فيخرجون من مكتبه خائبين وحذرين من فخاخ أخرى سينصبها لهم، في حال تجاهلوا حصّته من الغنائم الحكوميّة التي كانوا يحصلون عليها بهاتفٍ منه، أو من السرحان بلهجته المهجّنة والمضحكة في تركيبه جملًا غرائبيّة غير مترابطة، يُفهم منها أنّ الأمر غير قابل للنقاش أو المساومة حول حصّة المعلّم من صفقةٍ ما. في المضافة البيضاء التي بناها السرحان على أنقاض زريبة البهائم القديمة، كان الرواة الطارئون يخلعون عليه رتبًا عسكرية لم ينلها يومًا، ذلك أن مشيئة الحكاية واحتشادها بالوقائع المثيرة، كانت تتطلّب مهابة كاذبة كهذه، متجاهلين أفعاله الخسيسة التي كانت تلقي بها الرياح الغربيّة المتواترة من مقاهي العاصمة التي يتردّد إليها جنود ومرضى البدو، نحو تخوم الصحراء الغارقة في بؤسها، بعد سنوات متتالية من القحط والجفاف. جفّت ضروع النعاج والماعز والأبقار، وأُهلك مرض الروماتيزم ركبتي الجرادة، ولم يعد في استطاعتها مغادرة غرفتها إلّا لقضاء حاجتها بمساعدة إحدى حفيداتها وعكّاز من خشب الصنوبر، أهداها إيّاه السرحان في إحدى زياراته المتباعدة مسقطَ رأسه، ورغم

سمعها الضئيل وشحّ نظرها وانطفاء ذاكرتها إلّا أنّها كانت تدرك جيّدًا أنّ الصورة الحقيقيّة لابنها السرحان لا تشبه ما يتداوله الآخرون عنه في ليالي المضافة لجهة النخوة والشهامة وإغاثة الملهوف، فمنذ أن توقّفتْ عن دلق طاسة حليب الماعز لإبعاد الشؤم عن مصير ابنها، كان ريش الغراب ينمو بين أضلاعه مثل لطخة سوداء فوق الكلس الأبيض الذي يزيّن جدران بهو المضافة وأقواسه.

لعنة السرحان وسلالته اللاحقة ستطاردني كلّما اتّجهت إلى مصعد الموقع الإلكترونيّ في المبنى. فجأة تتلاشى الموسيقى الكلاسيكيّة التي تنبعث من مكانٍ ما في البهو ليحلّ مكانها عواء ذئاب، واستغاثة خراف، وصورة ذلك الرجل وحاشيته، مثلما رأيته ذلك اليوم، وهو يقتحم المكان بسحنته الهلاليّة التي لن تخطئها العين. تهتزّ صورته قليلًا في مرآة المصعد ثمّ تستقر واضحة، في مواجهتي تمامًا، فأدير ظهري للمرآة، أراقب حركة لوحة الأرقام، إلى أن تصل إلى الطبقة التاسعة، فأخرج مندفعًا بسرعة، كأنّني هارب من حريق. بتحريّات ملتوية، تأكّدت أنّه سليل قطّاع طرق حقًّا، لكنّه تخلّى عن هلاليّته لسببٍ ما، ففي اللوحة النحاس المثبّتة في مدخل المبنى، اكتفى بعبارة «شركة السرحان للتجهيزات الفندقيّة والطبّيّة». هناك صفحة ممحوّة في سيرة السرحان، كان الرواة يتجاهلون وقائعها، فبعد موت والده فزّاع الهلاليّ لأسباب تتعلّق بأمراض الشيخوخة وعناده في مواجهة متطلّبات عمر الثمانين، قرّر الأب الكبير الزواج بإحدى فلّاحّاته الشابّات، مستغلًّا فقدان الذاكرة الذي أصاب أمّ السرحان، حتّى أنّها ظنّت أنّ العروس تخصّ أحد أحفادها، لكنّ العرس تحوّل مأتمًا، إذ لم يحتمل الرجل العجوز مجاراة العروس في الفراش، فوجدته ميتًا إلى جانبها في صبيحة اليوم التالي. لم يحضر السرحان جنازة والده، بسبب انشغالاته الطارئة، فتكفّل أشقاؤه استقبال وفود

المعزّين، كما ألقى القائممقام خطبة ناريّة، كان أعدّها سلفًا، في مناقب الفقيد واعتبره شهيدًا للواجب. مع انتهاء طقوس العزاء، أُغلقت المضافة، ثمّ أزاح الشقيق الأوسط «جربوع» الوسائد وبُسط الصوف عن المصاطب الحجر، وقرّر أن تكون مخزنًا للحبوب، بعد أن أودع دلاء القهوة المرّة مستودعًا للخردة، كان متاخمًا لزريبة الأغنام، وبقيت صورة السرحان بالبزّة العسكريّة معلّقة على الجدار المقابل لباب المضافة، إلى أن اختفت الصورة تمامًا، خلف غبار أكياس القمح والشعير والعدس.

كانت الأمّ الجرادة تردّد في وحدتها بما يُشبه النواح «لا حليب ماعز ولا قهوة مرّة، فقط مواقد مطفأة»، ثمّ ستروي لأحفادها حكايات ذات مغزى عن صعود آل الهلاليّ وأفولهم، واللعنة التي أصابت هذه السلالة.

بفقدانها بصرها تمامًا، كانت الأمّ الكبيرة المقعدة تتعرّف إلى زوّارها من أصواتهم، ولم تخطئ مرّة واحدة باسم أحدهم، وسوف تستيقظ لديها حاسّة الشمّ القوّية التي ورثتها عن أسلافها، إذ لطالما اكتشفت غراميّات أحفادها على بعد أمتار من فراشها، أولئك الذين كانوا يتسلّلون إلى غرفتها بصمت كمكان آمن لعمل الحواسّ، لكنّها غالبًا ما كانت تنتهي بفضيحة مصحوبة بشتائم لاذعة من الجدّة العمياء.

23

أخطأت بوصلة الضابط كاف في التقاط جهة الريح، هذه المرّة، ولم تعمل مجسّاته وقرون استشعاره كما ينبغي في الإحكام على الفريسة وتثبيتها في مكانها من نظرةٍ واحدة، على غرار ما فعله في اختيار السرحان مرافقًا شخصيًّا له، ثمّ وكيلًا لأعماله السرّيّة، فهو لم يأخذ خبر انقلاب عسكريّ بثّته الإذاعة فجر يوم صيفيّ بعيد، على محمل الجدّ، ليقينه بفشل الانقلاب، خصوصًا بعد أن عرف أسماء الضبّاط الذين شاركوا فيه، ممّن كان ينظر إليهم بوصفهم طائفة من الأجلاف الذين يتبوّلون في سراويلهم أمام أيّ عاصفة مضادّة، وستفشل محاولتهم بالتأكيد، لكنّ حدسه لم يصب، وانتهى الأمر به ضابطًا مسرّحًا، رغم محاولاته التقرّب من هؤلاء، وتبرير موقفه من الانقلاب، كما صودرت أغلبيّة أمواله التي نهبها طوال سنوات، وتبخّرت الغمامة التي كان يخاطبها في ساعات صفائه من نافذة مكتبه «أمطري حيث شئتِ فإنَّ خراجكِ لي». وسوف تتبدّد الثروة التي جمعها السرحان بغمضة عين، إذ أنكره أبناؤه بفقدانه سطوته القديمة وتصرّفوا بأمواله عبر حسابات بنكيّة مسجّلة باسم الأمّ وأشقائها من الضبّاط الصغار، كما ستنظر إليه زوجته كبدويّ أخرق لطالما عمل مثل بسطار في قدمي الضابط

كاف، لينتهي هو الآخر مطاردًا من الانقلابيّين، ومطرودًا من جنّة بيت الزوجيّة. كانت العبارة الأولى التي واجهته بها علانيّة في السرير بما يشبه طعنة خنجر «لك رائحة بهيمة»، ذلك أن كلّ محاولاته في تغيير جلده، لم تسعفه في التخلّص من رائحة بعر الأغنام، الرائحة التي كانت تهبّ بمجرد دخوله البيت لتتسلّل إلى المطبخ وغرفة النوم والشرفة. وحين وجد نفسه محاصرًا من كلّ الجهات، تنكّر بثيابٍ بدويّة، واتّجه إلى دياره، عابرًا البادية بطرقٍ تراب يسلكها المهرّبون ورعاة الإبل، تبعده من خطر القبض عليه من الدوريّات المنتشرة في مداخل المدن، بعد إعلان قانون الطوارئ، ريثما يستتبّ الأمن في البلاد، وفقًا لبلاغات متتالية كانت تبثّها الإذاعة الرسميّة. احتاج السرحان إلى ثلاثة أسابيع كي يصل إلى قريته، بشاربين متهدّلين ولحية مشعّثة، وندبة شاقوليّة فوق عينه اليسرى، فلم يتعرّف إليه أحد لحظة وصوله، فقد بدا بهيئة مزرية تليق بشحّاذ، وليس بهلاليّ مرفوع الرأس، عدا أمّه الجرادة، فبمجرّد هبوب رائحة بعر أغنام وزبل أبقار من الجهة المقابلة لزريبة الدوابّ، شهقت، ثمّ هتفت: «ابني السرحان هنا، إني أشمُّ رائحته». سوف يخفي السرحان الجزء المهمّ من حكايته، وهو ما يتعلّق بالانقلاب العسكريّ والمصير السيّئ الذي انتهى إليه معلّمه الضابط كاف، كما سيدّعي أنّه أتى في إجازة طويلة طلبًا للراحة واستنشاق هواء البادية، وزيارة قبر أبيه. ولأنّ للحكاية حوافر خيل تعبر آلاف الأميال بدروبٍ متعرّجة، تسرّبت سيرة السرحان إلى أركان المضافات في القرى المجاورة، واخترقت عتبات البيوت بتوابل جديدة، فاضطرّ إلى الانكفاء والعزلة وتدريب نفسه على تربية قلب الطائر بين أضلاعه، وذلك بالإنصات إلى حكمة أمّه العمياء، إلّا أنّ الكوابيس ظلّت تطارده في مناماته، فقد كان ضحاياه في غرفة التحقيق يتناوبون على تعذيبه بأكثر الطرائق وحشيّة.

تكشّف الضباب عن كائن آخر، فقد جناحيه تمامًا. غراب يرى العالم حوله بعينٍ واحدة، بعد أن فقد النظر بعينه اليسرى، استيقظت في صدره شهوة الترحال بمشيئة جينات الجدّ الرابع، أن يطوي صفحة الآثام والبطش والقسوة التي كانت تلاحقه مثل ظلّه، أراد الهرب بعيدًا، متخفّفًا ممّا يثقل روحه، وبدت السنوات التي أمضاها برفقة الضابط كاف مثل سراب أو وهم أو مزحة. انفضَّ الآخرون عن حكاياته العرجاء إثر اكتشافهم حقيقة ما آلت إليه أحواله من بؤس واحتضار، ولم يعد مفيدًا الاختباء وراء اسم معلّمه الضابط كاف لإثارة الذعر والإعجاب والزهو بما كان يرويه من وقائع مخيفة ترتجف لها أبدان الرجال. وسوف ينتقم منه الرواة اللاحقون بإلصاق أشنع الصفات والأفعال بسيرته الملطّخة بدماء الأبرياء، مطمئنّين إلى غياب سطوة سلالته، وقلّة حيلته، وانطفاء الجمر تحت موقد دلّال القهوة المرّة في مضافته، فالرجل الذي كان بقلب ذئب طوال عشرين سنة، تتغنّى الفلّاحات في حقول القطن، ومواسم حصاد الحنطة، والأعراس، ببسالته وكرمه وصفاء دمه، أضحى ثعلبًا بذيلٍ طويل، ثمّ جربوعًا يختبئ في الحفر والمغاور من فخاخ الرعاة، ثمّ ضبًّا يلجأ إلى شقوق الجدران، ثمّ فأر طحين، ثمّ ابن السخلة التي أطعمت حليب كلبة، ثمّ الرجل المخصيّ الذي تزوّج صوريًّا بعشيقة معلّمه، واضطرّ إلى تسجيل أبناء الزنا الذين أنجبتهم العشيقة من الضابط على خانته في دائرة النفوس. كانت صورته الأخيرة التي تداولها الرواة: رجلًا هزيلًا يلتفّ بعباءة أبيه التي تناسلت منها الخيوط المقصّبة، يقود ثورًا سمينًا اشتهر بفحولته بين القرى المجاورة والبعيدة، وستكون مهنته «صاحب الثور الذي يلقّح الأبقار»، وسيغمز بعضهم في الإشارة إليه بالرجل المخصيّ صاحب الثور الفحل.

كان مشهد الثور الهائج وهو يدور حول بقرةٍ ما، يثير حسرات كثيرين، وهم يتلصّصون بحذر على الخطوات التي يخطوها السرحان بنظّارته السوداء، في تحريض الثور على الاقتراب من مؤخّرة البقرة، مطلقًا أصواتًا مبهمة لتشجيعه على إنجاز العمليّة بنجاح، وكلّما حاول الثور الخروج من سور الحظيرة رافضًا المهمّة، كان السرحان يعيده بإشارات مهدّدة من يديه نحو البقرة. اقترب الثور أخيرًا من البقرة التي كانت تجترّ بقايا علفٍ في فمها، غير مكترثة لهذا السيرك العجائبيّ، وأخذ يدور حولها، ثمّ راح يشمُّ مؤخّرتها بحركات بطيئة. فجأة، ابتعد منها نحو خمسة أمتار، بما يسمح به سور الحظيرة الخلفيّ للمناورة، ثمّ هجم نحوها مثل سهم لا يخطئ هدفه، رافعًا قائمتيه الأماميّتين إلى الأعلى، كأنّه على وشك الطيران، وفي لحظةٍ خاطفة، رمى ثقله فوق مؤخّرتها بخوار مضطرب، اختلط بأصوات المشجّعين وهياجهم، وابتسامة غامضة من شفتي السرحان كشفت عن أسنانٍ منخورة وحزنٍ دفين.

24

هل كان ذلك الذي برائحة ذئب، وهو يدخل المبنى الزجاج مع حاشيته، من بقايا سلالة السرحان؟ وفي حال كان أحد أبنائه، وربّما أحد أحفاده، لماذا ترك والده أو جدّه أن ينتهي إلى هذا المصير المأسويّ، وهل كنتُ تحت تأثير حكايات الرواة عن سلالتي الأولى، قبل أن أفترق عنها بهجرات متتالية، أدّت إلى قطع حبل السرّة نهائيًا مع شجرة نسب تلك العشيرة المتوحّشة، وذلك بتغيير اسم العائلة في سجلّات دائرة النفوس؟ أسئلة كانت تثقل رأسي، كلّما عبرت باب مبنى الموقع الإلكترونيّ نحو المصعد، أو خروجي منه، لتشتبك لاحقًا مع مصير الضابط كاف بعد صرفه من الخدمة العسكريّة. كنتُ أنهي عملي في الموقع باكرًا، من دون أن أغادر مكتبي، وأمضي نحو ساعتين يوميًا في البحث عن أيّ إشارة أو دليل يتعلّق بنهاية هذا الضابط الذي كان يثير الرعب بمجرّد ذكر اسمه، نظرًا إلى سجلّه الحافل بالأهوال والبطش واختفاء الضحايا، من دون حاجته إلى أيّ نوع من التبرير، إلى درجة أنّه لا يتوانى عن اعتقال أصدقائه الذين كانوا يشاركونه لعب النرد في المكتب، بعد عشاءٍ دسم، لمجرّد خسارته اللعبة. بدأ شغفي بتقصّي سيرة هذا الضابط كنوع من الفضول العابر أوّلًا، فقد

كان اسمه يتردّد في المرويّات الشفويّة المتواترة، وفي بعض مدوّنات ضحاياه الذين نجوا من الموت بأعجوبة، وكذلك في الكتب الممنوعة بتواقيع كتّاب بلغاتٍ أخرى، لكنّ صفة محقّق الكتب التراثيّة التي انخرطت بأصولها على مراحل في تحرير الكتب والمخطوطات من «التصحيف، والتحريف، والخطإ، والنقص، والزيادة»، أغوتني بنبش كلّ ما يتعلّق بتاريخ الضابط «كاف»، متجاهلًا مهنتي الأصليّة مدقّقًا لغويًّا وحسب، خصوصًا بوجود شخصيّات تاريخيّة، كنت أصادفها بغزارة في بطون الكتب القديمة، بوصفها مرايا مكرّرة في معنى البطش والهلاك. ما إن خرجتُ من كابوس النهاية المفجعة لابن الجوزيّ، حتّى عاجلني صاحب دار النشر بنسخة متهالكة من كتاب «كليلة ودمنة» لابن المقفّع، بقصد ترميم أخطائها الطباعيّة، في المقام الأوّل. مهمّة سهلة، قلت لنفسي، وأنا أتناول النسخة منه، فقد سبق أن قرأت الكتاب في مكتبة مدرسيّة، منذ سنوات طويلة، بوصفه حكايات خرافيّة على ألسنة الحيوانات والطيور، لكنّني خلال استعادتي مقدمته التي تناولت حياة ابن المقفع وآثاره وميتته الشنعاء، وجدت نفسي أمام كابوس أكثر جحيميّة ممّا سبقه، ذلك أنّ عصر ابن المقفّع وسيرته الشخصيّة يختصران ما يقلقني اليوم بخصوص الهويّة والرقابة والحكايات المرتحلة وأسباب القسوة. معضلة ابن المقفّع إذًا، تبدأ من اسمه «روزبه بن داذويه»، مجوسيّ من قرية جور بفارس، وحين أسلمَ تكنّى باسم آخر هو أبو محمد عبدالله، ولُقّب والده بالمقفّع لاتهامه بالاختلاس من مال المسلمين، أثناء تولّيه خراج بلاد فارس، فنكّل به والي العراق حينذاك الحجّاج بن يوسف الثقفيّ بضربه على أصابع يديه حتّى تقفّعتا واعوجّت أصابعهما وشُلّتا، إلّا أنّ التباسات كثيرة رافقت حياة ابن المقفّع، فكان كتابه «كليلة ودمنة» أحد أسباب نهايته المفزعة، الكتاب الذي نسبه إلى بيدبا الفيلسوف الهندي على

هيئة حِكمٍ وأمثال ونصائح موجّهة إلى دبشليم الملك، على أنّه نقله عن الفارسيّة، خشية اتّهامه بمواجهة الاستبداد، فالكتاب في مجمله يقوم على الصراع بين السيف واللسان، وزيادة في الحيطة فقد وضعه على أفواه البهائم والطير، وأشاع أنّ هذا الكتاب استُنسخَ سرًّا من خزانة الملك ليلًا، لإبعاد شبهة التأليف عنه، وسيضع في مقدمته تعليمات للغوص في محتواه، وألّا تكون غاية قارئه تصفّح تزاويقه، إنّما «النظر إلى باطن كلامه، من غير ضجر، والتماس جوهر معانيه، ويجعله مثلًا لا يحيد عنه ودستورًا يقتدي به». كان ابن المقفّع أوّل من أدار ظهره للنصائح المبثوثة في حكايات الكتاب، ففي حكاية «الحمامة والثعلب ومالك الحزين»، نعى على من يرى الرأي لغيره ولا يراه لنفسه، ويعلّمه الحيلة ويدبّر له أمره ولا يحسن تدبير أمر نفسه فيوردها المهالك، فوقع هو نفسه في مهلكة مشابهة، حين عُهد إليه أن يوجّه «كتاب الأمان» للخليفة المنصور، بعد أن خرج عليه عمّه عبدالله بن علي والي الشام فحاربه المنصور بجيش قاده أبو مسلم الخراسانيّ، وهزمه، ففرّ العمّ لائذًا بأخويه سليمان وعيسى في البصرة. احترس ابن المقفّع في كتاب الأمان من أيّ شبهة تأويل تستدعي غدر المنصور بعمّه، فلمّا قرأ المنصور الكتاب، وعلم أنّ ابن المقفّع هو من كتبه، اغتاظ من محتواه، وقال «فما أحد يكفينيه؟»، فتبرّع سفيان بن معاوية بن يزيد بمعاقبة ابن المقفّع، فقد كان يضمر له الضغينة والحقد منذ أن وصفه غريمه بـ«ابن المغتلمة». وبحيلةٍ ما، استقدمه سفيان من البصرة لمحاكمته بتهمة الزندقة، وحين قبض عليه، وعلم ابن المقفّع بالمصير المشؤوم الذي ينتظره، حاول طلب المغفرة، ولكن من دون جدوى «وأمرَ سفيان بن معاوية بن يزيد بِتَنُّور فأُسْجِر، ثمّ أخذ يقطع جسده عضوًا عضوًا، ويرمي به في التنّور، أمام عينيه حتّى لفظ أنفاسه، ومات عن ستٍّ وثلاثين سنة». وسيحتاج كتاب «كليلة ودمنة» إلى

ثلاثة عشر قرنًا، كي يعود إلى شجرة نسبه، لينمو في تربته الأصليّة بدلًا من تربته المستعارة. كان الضابط كاف يجثم بكلّ ثقله فوق صفحات الكتاب، صفحة وراء صفحة، وسطرًا وراء سطر، يحاول بتر الحكاية من منتصفها، وأن يمحو كلّ ما يدعو إلى الريبة في الحوارات التي كان يتبادلها الذئب والغراب، وابن آوى والجمل، أو القرد والغيلم، أو البصير والأعمى. وكان عليّ أن أعيد حقوق الكتاب إلى صاحبها، بشطب عبارة «نقله عن الفارسيّة» إلى «ألّفه ابن المقفّع»، وأن أضيف ملحقًا باكتشافات المحقّقين المعاصرين لأصول هذا الكتاب الفريد في نوعه ومحتواه وبلاغته، وترميم العبارات المحذوفة منه بحجّة تهذيبه، فقد كان ابن المقفّع يرمي من تأليفه «ترويض الحكمة بعذوبة اللفظ». أحسستُ برائحة شواء لحم بشريّ تتسرّب إلى رطوبة الهواء في المكتب، وبصرخات مكتومة، وأنين خافت يصدر عن بقايا جسد يحتضر، وحشرجة أخيرة: «إنّ الماء لو أطيل إسخانه لم يمنعه ذلك من إطفائه النار إذا صُبَّ عليها»، وكان الضابط كاف الذي أُصيب بعرجٍ خفيف بساقه اليسرى، يتجوّل بضجر داخل سور قصره، في قريته الجبليّة، غير مصدّق أنّه فقد إمبراطوريّته التي بناها طوال سنوات، من الأموال التي غنمها من تجارة المخدّرات، وناقلات النفط، ومعامل المياه الغازيّة، والمرتديلّا، والكونسروة، والوكالات الحصريّة لبيع السيّارات، وماركات الساعات الفاخرة، واللانجري، وتهريب الآثار، والأدوية، إضافة إلى عدد لا يحصى من الأبناء اللاشرعيين الذين حبلت بهم عشيقات بالجملة والمفرّق. التقارير والتحقيقات المنشورة عنه في مجلّات وصحف فرنسيّة، والتي كانت رهام سمعان تترجمها لي بحماسة، استجابة لثأر قديم منه، وفقًا لما أخبرتني به، في نوبة اعترافات نادرة، فقد كان والدها أحد ضحايا هذا الضابط بوشاية قادته إلى المسلخ الذي يشرف عليه الضابط كاف مباشرة، وسوف تستلم

أمّها، بعد سنوات من غياب زوجها، هيكلًا عظميًّا، مرفقًا ببطاقة تحمل اسمه، على أن يُدفن بصمت، كما لم أعدم المرويّات الشفويّة المتواترة عن سلوكاته المشينة خلال فترة خدمته، قبل أن ينتهي إلى عزلته القسريّة خشية انتقام أبناء ضحاياه منه، ولم يعد لديه ما يفعله، لكنّ ما هو أكيد، ولعه بتطعيم الأشجار في بستانه الذي يحيط قصره من الجهات الأربع، وذلك من طريق إلقاح سلالتين مختلفتين من الفصيلة نفسها، بقصد الحصول على ثمار بنكهة جديدة، وكان يشرح لزوّاره القلائل من أقاربه بتفصيلٍ مملّ، طريقته في كيفية الحصول على ثمار الليمون بنكهة البرتقال، وكيفيّة تحويل طعم التفّاح طعمَ السفرجلّ، أما ولعه الآخر الذي لم يتخلَّ عنه منذ شبابه المبكر، فهو أن يلعب النرد عصر كلّ يوم، بعينين شحيحتين، وأصابع مرتجفة، وخسارات متلاحقة، من دون أن يجرؤ على معاقبة خصمه في اللعب، كما كان يفعل قبلًا. فقط ينهض عن كرسيّه، ثمّ يركله ساخطًا، ويتّجه إلى غرفة نومه، ليقرأ قبل النوم ما تيسّر له من الكتاب الوحيد الذي لا يفارق سريره: ديوان المتنبّي!

25

تلك الظهيرة الحارّة من يوم أحد، روت لي رهام سمعان جانبًا من سيرتها، فبعد أن كشفت سرّ حزنها الدائم، في ما يتعلّق بالنهاية المفجعة لوالدها بأمر من الضابط كاف وأعوانه (هل كان سرحان الهلاليّ أحدهم؟)، لم تعد متكتّمة وحذرة ومتردّدة، كما كانت في الفترة الأولى من تعارفنا. في ظهيرة مشابهة، قبل نحو خمسة أشهر، كنت منهمكًا في مراجعة البروفة النهائيّة لأحد الكتب التراثيّة، أظنّه كتاب «تعطير الأنام في تفسير الأحلام» لمؤلّفه عبدالغني النابلسيّ، حين سمعت صوت كعب حذاء نسائيّ على السلّم المؤدّي إلى باب دار النشر، رفعت رأسي قليلًا، فانتبهت إلى دخول إحداهنّ. كانت بوجه شاحب، وفستان أسود طويل بأكمام قصيرة، ألقت تحيّة مرتبكة، ثمّ سألتني عن معجم بالفرنسيّة والعربيّة. أجبتها بالنفي. ألقت نظرة حائرة على أغلفة بعض الكتب المتراكمة فوق مكتبي، ثمّ همستْ «أبحث عن كتب تتعلّق بالتاريخ المعاصر للبلاد... أقصد كتبًا ممنوعة». أرشدتها إلى مكتبات تجلب هذا النوع من الكتب، من بيروت سرًّا، وتبيعها تحت الطاولة، وشرحت لها أنّ أغلبيّة مكتبات البرامكة تهتمّ بتوزيع الكتب التراثيّة، بما فيها دار النشر هذه، ثمّ

أضفتُ: «ربّما تجدين ضالّتك في مخازن باعة كتب الأرصفة». قالت متردّدة: «هل تعرف أحدهم؟». أجبتها: «هل تشربين الشاي معي؟»، ثمّ دعوتها إلى الجلوس. وستعترف في أحدٍ لاحق، وهو يوم عطلتها الأسبوعيّة، بأنّ سؤالها لي عن كتب ممنوعة كان حماقة حقيقيّة، إلّا أنّ حدسها بأنّني لن أؤذيها، شجّعها على ذلك، وقالت: «كنت بحاجة إلى معرفة ما حدث لأبي في تلك الفترة العاصفة من تاريخ البلاد، ولماذا؟». كلانا إذًا، كنّا بحاجة إلى ترميم سيرة الضابط كاف، هي كضحيّة أنموذجيّة لأفعاله التي حطّمت طفولتها بالتغييب القسريّ لوالدها، وأنا بما خلّفه من قسوة على سلوكات السرحان وسلالته اللاحقة التي قد تكون لطخة سوداء منها قد تسرّبت إلى دمائي في غفلة منّي. لكنّ ما فاجأني في اعترافات رهام الأخيرة، تلك المسافة التي اجتزتها بين ما كانت تنوي فعله في لحظة يأس، وهروبها من مصير غامض ينتظرها. كانت تخلع ثيابها وتتأمّل نفسها في مرآة خزانة الثياب، حين قالت: «هل تتصوّر أنّني كدت أكون راهبة؟»، ثمّ أضافت: «عندما اطّلعت على الشروط الصارمة لقبولي كراهبة، أحسست بثقل القيد الذي سيكبّل حياتي أكثر ممّا هي مكبّلة، وبأنّ يسوع لا يحتاج إليّ وسيغفر لي خطاياي»، جلست على طرف السرير لخلع جوربيها، ثمّ قالت محتجّة: «لا مرآة، لا عطر، لا أدوات زينة، لا خروج من الدير، لا غرباء، فاكتفيت بأن أكون مدرّسة في الدير لا أكثر، ريثما أجد عملًا مناسبًا، قلت لنفسي: لن أنهي حياتي في تطريز المفارش بآيات من الكتاب المقدّس». كان عليها أن تعود إلى غرفتها قبل العاشرة ليلًا، موعد إغلاق البوّابة الخارجيّة للدير، وكنت مفتونًا بجمالها المشعّ الذي كان يتفتّح مثل زهرة غريبة بلا اسم، وكنتُ قلقًا من سرِّ اختفائها آحادًا متتالية، من دون أن تبرّر غيابها بحجج مقنعة، إلى أن تباغتني بزيارة غير متوقّعة، وقد تخلّصت من وزر خطيئة تثقل

روحها أسابيع كاملة بما يكفي لتقشير جلدها من رائحة الإثم، وتعاليم القديس أغسطينوس. لا أعلم كيف وقعتْ في هوس كتابات فيلسوف فرنسي مشاغب هو ميشيل أونفري، معتبرةً أنّ أفكاره حرّرتها من منطقة الاستعصاء التي كانت تقيّد حركتها، في المضيّ أبعد، من تلك الأسئلة التي كانت تشغل تفكيرها قبلًا، وحيرتها سنوات بين ماركسيّة والدها الصارمة، وهل كانت تستحقّ أن يلقى حتفه من أجلها بكلّ هذه القسوة؟ ومواعظ قدّاس الأحد التي كانت تنصت إليها بصحبة أمّها، وذلك بنوع من الخشوع، ليس في علاقتها بجسدها فقط، وإنّما في متاهة عقلها أيضًا، المتاهة التي تجذبها إلى بئر عميقة من اليأس. كانت تشرح لي فلسفة ميشيل أونفري المثيرة للجدل بحماسة، ومن دون توقّف، بخليط من اللغتين العربيّة والفرنسيّة، فهو من ساعدها على طيّ صفحة اللاهوت بأفكاره المشكّكة نحو الحيل الميتافيزيقيّة للاستمرار في العيش، من جهة، وأيقظ حواسّها على «فلسفة المتعة» من جهةٍ ثانية. انشغلتُ أيّامًا عن كدسة الأوراق التي تركتها رهام على الطاولة بترجمتها، فقد كنت أعود إلى بيتي محطّمًا، من ورديّتَي عمل مرهقتين، بالكاد أغتسل من رائحة رطوبة الكتب التراثيّة في دار النشر، ورائحة روث الأبقار التي تطاردني لحظة دخولي أو خروجي من بهو المبنى الزجاج للموقع الإلكترونيّ، كدليل دامغ على وجود حفيد السرحان في المكان، ولن أتجاهل رائحة روث الأغنام التي كانت تنبعث من افتتاحيّات رئيس التحرير، خصوصًا، بعد ظهوره المتكرّر على شاشات الفضائيّات، بوصفه مفكّرًا استراتيجيًّا، هذا اللقب البلاستيك الرخو الذي بات متوفّرًا بغزارة في دكاكين الميديا والجامعات والمحطّات الفضائيّة.

أذهلتني ترجمتها الصافية لمقاطع من أفكار ميشيل أونفري ومقابلاته، فالتهمتها بشراهة ودهشة، فقد كانت بعض تلك الأفكار

المتهوِّرة تجيب عن أسئلتي أيضًا، حيال «الهذيان الطائفيّ»، و«الطوائف المتخيّلة»، و«البضائع المزيّفة»، و«العنصريّة»، و«أفول صنم الفرويديّة»، الأسئلة التي ظلّت معلّقة في الفراغ الميتافيزيقيّ للتاريخ، من دون إجابات حاسمة. كانت صورة جدّي الحادي عشر تتهاوى تحت ثقل أوحال البؤس والأكاذيب والأمجاد المزيّفة، بالتناوب مع المشهد الأخير لسرحان الهلاليّ بهيئته الرثّة وثوره الفحل، والشهقات المكتومة لنساء محرومات، وضروع الماعز التي لم تعد تشخب ما يكفي لسفح طاسات الحليب فوق المواقد لاستبدال قلب الذئب بقلب طائر، فالصحراء التي تحدّر منها أسلافي مجرّد رمال لاختراع جنّة موعودة تحميهم من حرارة الشمس الملتهبة. لا رواة يؤلفون سِيَرًا وهميّة عن سلالة قلب الذئب، ولا أحصنة تدكّ معاقل قبائل الخصوم، وتسبي النساء الجميلات. بضربة عموديّة واحدة شقَّ ميشيل أونفري الأرض الراسخة تحت قدمي رهام سمعان بعصاه السحريّة، فعبارة مثل «ديانات للإبادة الجماعية»، في إشارة إلى الديانات التوحيديّة، خلخلت بقايا الطمأنينة التي كانت تحمي خطواتها المتعثّرة نحو الربّ، لتنزلق إراديًّا إلى سجّادة فلسفة المتعة التي كان يبشّر بها هذا الفيلسوف الإشكاليّ والمتمرّد والمتناقض، كتعويض عن ثلاثين سنة من القلق والريبة والخوف، إلّا أنّني لم أكن واثقًا في صلابة متاريسها الجديدة، وهل ستصمد طويلًا في مواجهة أزمتها الوجوديّة، بقوّة الوصفات الشهيّة التي وجدتها على مائدة هذا الفيلسوف؟ الفيلسوف الذي جمع في طبقٍ واحد أفكارًا ونظريّات من سبقه (نيتشه وماركس وفرويد)، بقوله: «يبدو لي أنّه من واجبنا أن نتصدّى للواقع من وجهة نظر حسّيّة، ومتعويّة، ومادّيّة، وأبيقوريّة، بالمعنى الإغريقيّ للكلمة».

لهذه الأسباب، وأسباب أخرى، سترويها لي بتردّد أوّلًا، ثمّ بمكاشفات صريحة عن مضايقات حسّيّة كانت تلمسها في أروقة الدير، خلخلت قناعاتها الراسخة، أودعت رهام سمعان كلّ ما يقع في باب الخطيئة والخفر والخوف، في صندوقٍ متين، وأغلقت عليه بإحكام:

– لديّ شعور السجينة التي أنهت محكوميّتها في زنزانة رطبة، بأنّ الربّ لم ينصت إلى صلواتها يومًا، فكان عليها أن تسلك طريقًا أخرى، حتّى لو قادتها إلى الجحيم.

كان أوّل ما فعلته أن هجرت العمل في مدرسة الدير، ولم تنصت إلى كلمة واحدة من نصائح كبيرة الراهبات في معنى العيش في دير، وأهمّيّة العزلة في اختزال المسافة نحو الربّ. حملت حقيبتها الثقيلة وخرجت من غرفتها، وأحسّت أوّل مرّة، وهي تعبر الممرّ الذي تتوزّع جدرانه الأيقونات بأنّه طويل مثل نفق، ثمّ عاودها الإحساس نفسه وهي تنزل السلّم اللولبيّ نحو البهو. سلّمت الراهبة المسؤولة عن خدمة الغرف مفتاح الغرفة، وخرجت إلى هواء الشارع بخفّة جناحي يمامة برّيّة. لم تلتفت إلى الخلف، وهي تبتعد من سور الدير. أوقفت تاكسي، وطلبت من السائق أن يتّجه إلى حيّ باب توما، ساحة برج الروس. تأمّلت جهات الساحة، وهي تتخيّل المشهد الذي خلّفه تيمورلنك في هذا المكان، قبل قرون، كما رواه والدها أثناء عبورهما الساحة، قبل اعتقاله بأيّام: أقام جنوده برجًا من الرؤوس المقطوعة لإثارة الفزع في قلوب الأهالي. توغّلتْ في زقاق جانبيّ، غير عابئة بثقل حقيبتها، أو صحّة قرارها مغادرة الدير إلى الأبد.

حين فتحت باب منزل عائلتها الذي استعادته من المستأجر القديم، بعد مرافعات طويلة، استمرّت سنوات في المحاكم، وضعت الحقيبة في الدهليز المؤدّي إلى الصالون، وجلست فوق أريكة متهالكة، تحاولُ تظهير الصور المغبّشة والباهتة التي احتفظت بها من

طفولتها المجهضة: ما إن تقبض على بعض ملامح الوجوه والذكريات الباهتة حتّى تتلاشى مثل غيوم الصيف، نهضت بتردّد نحو غرفتها. توقّفت عند الباب. التفتت إلى بقايا رسومها بأقلام الشمع الملوّنة التي لا تزال واضحة، لم تمحُها السنوات وغبار الزمن. كانت أغلبية رسوماتها تجسّد صورة أبيها، وفقًا لروايات أمّها عنه، رجل أليف بشاربين متهدّلين نحو الأسفل، ونظّارة طبّيّة، وطيف ابتسامة. لكنّها ستتذكّر بجلاء رحلة الأمّ إلى قريتها «صدد»، أقدم قرية سريانيّة، في قلب بادية مدينة حمص بصحبة تابوت الأب، فقد قرّرت أن تموت هناك، وأوصت أن تُدفن إلى جواره، في مصالحة معلنة بين ماركس ويسوع، ولن تحتاج إلى وقتٍ طويل كي تلحق به، إثر إصابتها بشلل دماغيّ، وسيتضاءل جسدها إلى مجرّد جلد رخو يحمي كومة عظام، فيما ستتنقل رهام من ميتم إلى آخر، في رحلة شقاء تركت ندوبًا عميقة في روحها، وصولًا إلى زلزال «فلسفة المتعة» الذي أطاح حياتها السابقة دفعةً واحدة.

26

كنتُ على وشك دخول المصعد في المبنى الزجاج، حين دفعني أحد مرافقي حفيد السرحان الأخير جانبًا، مفسحًا الطريق لمعلّمه، ثمّ أغلق الباب. أحسستُ بالإهانة تبلّلني ببول بعير، لكنّني لم أفعل شيئًا، وبدقّة أكبر، لم أجسر على الاحتجاج، مبرّرًا موقفي بتفاهة هذه المخلوقات الطحلبيّة التي أفرزتها فوضى الحرب الطويلة في البلاد، فهؤلاء الأجلاف بهائم، ومن الحكمة تجاهلهم والابتعاد منهم، بقوّة الأمثال «لا تصارع خنزيرًا في الوحل، فتتسخ أنت، ويستمتع هو». في لحظة، رغبتُ في أن أكون بقلب ذئب، وسأتذكّر ما قالته جدّتي أثناء عودتنا من المقبرة: «كأنّ جدّك قد أطعمك قلب طائر وليس قلب ذئب»، لكنّني سأتجاهل صوت الجدّة، معتبرًا ما قالته يومًا، محض خرافة ابتكرتها لصيانة فضيلة القسوة بين أضلاعي. ما إن تلاشى عواء الذئاب في البهو حتّى عاد صوت الموسيقى مجدّدًا إلى المكان، لكنّ رائحة روث الدوابّ الممزوجة برائحة عطر موتى، تسرّبت إلى أنفي داخل المصعد، وكدت أختنق بسبب ندرة الأوكسجين. تهالكتُ على كرسيّي في المكتب، مطعونًا بكرامتي، وما زاد الوضع سوءًا، أنّ افتتاحيّة رئيس التحرير التي كان عليّ تدقيقها لغويًّا، كانت هذرًا ركيكًا في معنى الكرامة الوطنيّة، واختراع أمثلة عن

انتصارات وهميّة، ورايات خفّاقة، في إعلاء شأن البلاد، رايات ستمزّقُ خيوطها الأخطاء النحويّة الفجّة، لتحيلها عمليًّا مناديلَ ورق بالكاد تصلح للاستعمال في مراحيض اللغة. تلك الليلة، لم تفدني كلّ وصفات المتعة التي ابتكرتها رهام سمعان من أجلي، لاستئصال الغضب الذي اجتاحني نتيجة «الإهانة السرحانيّة»، فما إن تبدّد ضباب الحادثة حتّى تكشّف أمامي جبل قمامة كان يتراكم تدرّجًا، من دون أن ننتبه إلى العفونة التي كانت تنبعث منه، أو إنّنا كنّا نتواطأ في تجاهل الرائحة بذرائع غير مقنعة، خوفًا من مواجهتها مباشرة، ذلك أنّ الانقلابيّين الجدد أحكموا السيطرة على كلّ منافذ العيش، بإتاحة الفرص أمام الدهماء، في إدارة شؤون البلاد والعباد، دهماء تعمل بشجاعة الجهل وحدها، ما أدى إلى تلوّث هواء المدن والأرياف بإعادة تدوير شعارات جوفاء، كانوا أوّل من أطاحها، وإذا بممارسات الضابط كاف وأعوانه التي كانت أنموذجًا للبطش والبربريّة والقسوة، مجرّد ألعاب أطفال مسليّة، مقارنة ببطش هؤلاء الغيلان وبربريّتهم وقسوتهم.

قالت رهام بنبرةٍ ساخرة، وهي تحيطني بذراعيها من الخلف: «استيقظتَ متأخّرًا يا صديقي هاملت، وقد فسدَ الحساء». نهضتُ متثاقلًا عن الكرسيّ الوحيد في الشرفة المعتمة نحو الداخل، محاولًا تضميد جراحي بعناق المرأة التي اخترقت عزلتي الطويلة كقارب نجاة، وسأروي لها كيف أنّني ارتبكت لحظة دخولها دار النشر أوّل مرّة، وما أحدثه صوت كعبَي حذائها على السلّم من اضطراب في أضلعي، وكيف أنّ عدم اعتذارها عن تلبية دعوتي لها بالجلوس وتناول الشاي، كانا سببًا في صناعة هذه الغبطة المسروقة من أوقات البؤس «بنظرة واحدة نحو ارتعاشة شفتيك، وأنت ترتشفين شايك، ظهيرة يوم أحد، أدركت حجم الرغبة المدفونة تحت الجلد، وفي حركة أصابع يديك الشاحبتين، لكنّني لم أعوّل على أكثر من ذلك، كنت أراقب

كوب الشاي، وهو ينطفئ على مهل بين أصابع يدك اليمنى، وتاليًا، انتهاء اللقاء عند هذا الحدّ، بذهابك منفردة إلى مكتبة أخرى للسؤال عن معجم بالفرنسيّة والعربيّة، فيما سأكمل عملي بضجر كالمعتاد، كأنّ كلّ ما حدث مجرّد منام في قيلولة خاطفة، تحت مروحة سقف صدئة لا تتوقّف عن إطلاق أزيز مزعج. إصرارك على أن أرافقك إلى مكتبة متخصّصة بالمعاجم، ثمّ إلى مخزن بائع كتب مستعملة، ثمّ إلى مطعم بيتزا، ثمّ التسكّع في الأزقّة العتيقة، أحال تلك الظهيرة إلى حكاية أخرى تشبه حكايات غزوات أجدادي، لكنّني لستُ متأكّدًا، مَنْ منّا كان قاطع طريق، ببلطة عشق حادّة، أنتِ أم أنا؟». ستجذبني رهام خارج قوقعتي اللغويّة نحو بساطٍ معرفيّ آخر، أبعد من خديعة القدّيس أغسطينوس التي كانت تلوذ بها خشية أن تكرّر مأساة والدها، فبعد أيّام من استلامها البيت وترتيبه كيفما اتّفق، سأشاركها في مهمّة مرتجلة تتعلّق بتنظيف العليّة التي كانت تزدحم بالكتب. أسندتْ سلّمًا معدنًا متهالكًا، على حافّة باب العليّة الواطئ، وتسلّلت إلى داخلها بصعوبة. كانت تطوّح بالكتاب عاليًا، ثمّ تلقيه نحوي غير عابئة بالغبار الذي تراكم فوقه، وهي تردّد بمرح أسماء: لينين، ماركس، إنغلز، ماركس، لينين، لينين، ماركس، شولوخوف، ماركس، تروتسكي، ماو، مكسيم غوركي، تولستوي. تصوّر، لقد قرأت كلّ هؤلاء، وأنا طفلة، لكنّني بالكاد أتذكّر ما قرأت، إلى أن اكتشفت الإنجيل، ثمّ جبران خليل جبران، ثمّ فيكتور هوغو، وكامو، خلال دراستي الجامعيّة. تأملتْ كومة الكتب من مكانها في العليّة، وهي تقول: «والآن ماذا سأفعل بهذه الجثث؟». أسندتْ جذعها عند حافّة الباب، ومدّت ساقيها على عارضة السلّم، ثمّ ألقت نفسها نحوي في قفزةٍ واحدة، كادت توقعني أرضًا، ثمّ قالت ضاحكةً، وهي تنفض الغبار الذي علق بثيابها: «سيبويه، هل تشرب الشاي بالزنجبيل؟».

كانت فلسفة المتعة التي تبنّتها رهام بكلّ خلاياها، حلًّا سحريًّا لها في مواجهة الأفخاخ التي لطالما أوقعت الفأرة المذعورة في المصيدة، وها هي تخرج من جحرها من دون وجل، تسترشد بحواسّها معنى الاستمتاع في العيش، خارج أقفاص الأعراف، وثقل المقدّس، بجرعات مدروسة في التهام قطعة الجبن اللذيذة. ثمّ ستطوّر درجات المتعة على هواها، في الحذف والإضافة، تبعًا لمزاجها المتغيّر، وإكراهات الشارع، فعقائد العنف ستحاصرها في أكثر من زقاق، لتعود من نزهاتها المتعويّة بجناحٍ مكسور، وكنتُ أشرح لها أسباب يأسي، وصعوبة الحصول على المسرّات وسط هذا المستنقع التاريخيّ، من دون طعنات جانبيّة، ففكرة «الاحتفاء باللذّة ونبذ الألم»، هي مجرّد إنشاء يقبع في الظلّ وبطون الكتب، وأحلام الفلاسفة، وفي حال تحقّقت فكرة كهذه فعلًا، فهي تعني الاحتفاء بلذّة القتل (سأروي لها وقائع الطريقة التي قُتل بها ابن المقفّع، وكيف طوّر أحفاد سفيان بن معاوية بن يزيد طرائق القتل اليوم)، والاحتفاء بالجسد المعذَّب والمُنكّل به، لا المصالحة معه، ولا لذّة المشي في الهواء الطلق، أو تذوّق طعامٍ شهيّ، أو التمرّد على العقائد، وتحدّي القوانين المبتذلة، بحسب وصفة ميشيل أونفري، الوصفة التي تبدو برّاقة في الوهلة الأولى، أو هكذا بدت لي إلى حين، لكنّ فحصًا أوليًّا للخرائط والهويّات والمحن المتعاقبة، سينسفُ هذه الأوهام من جذورها، من دون عناء. قلت جازمًا: «ليس في إمكانك الخلاص من الحمولة الثقيلة للأهوال التي ينوء بها التاريخ الهجريّ، ولا حتّى بأوهام التاريخ الميلاديّ، فكلاهما يلتصق بجلدك، مثل لعنة أبديّة».

هل كنتُ أحاول لجم اندفاعة رهام في اقتحام الأسلاك الشائكة التي تحمي حظيرة الخنازير، كي لا يطاولها عطب آخر كالذي أصابها قبلًا في عزلتها الطويلة في الدير؟ على الأرجح، كنت أبرّر

هزائمي المتلاحقة في تفكيك الهويّات الصلبة المتناسلة فوق رمال صحراء مخضّبة بالدماء والفظائع والكوارث، لا بالحليب، كما حاولتْ إحدى جدّاتي أن تفعل، قبل أن تجفَّ الضروع، وتنطفئ المواقد، ويتلاشى البياض.

قلت لها بيأس هذه المرّة: «ما ترقدين فوقه ليس بيض حمام، والعشّ الذي عاد إليك بمشقّة، هو عشّ غراب لا أكثر». لم تكترث لما قلته. اكتفت بنظرة معاتبة، وتابعت طلاء جدار غرفتها بمزيج من اللونين الأزرق والأخضر، ثمّ أجابت بعد صمت، وهي تضغط على الفرشاة العريضة صعودًا ونزولًا فوق الحائط «هل تقترح عليّ أن أطلي الجدار بالأسود بدلًا من التركواز؟». كنتُ في صدد مديح اللون الأسود لأنّه هو الأكثر حضورًا في حياتنا منذ الولادة «حتّى الدم حين يتخثّر يصبح أسود داكنًا، من لحظة قطع السرّة إلى لحظة قطع الرؤوس، ثمّ إنَّ راية الغزاة سوداء، في حين يرفع المهزومون راية بيضاء لإعلان استسلامهم». وضعت رهام الفرشاة العريضة التي تنتهي بعصا طويلة جانبًا، ثمّ أدارت وجهها نحو الحائط الذي ما زال رطبًا، والتصقت به، كمن يلعب الغمّيضة، فتلوّث قميصها القطنيّ الأبيض بالأصباغ، استدارت نحوي فجأة، ثمّ أحاطتني بذراعيها، من دون أن أتمكّن من الإفلات، وقد غرقتْ بنوبة من الضحك، وهي تنظر إلى قميصي الذي تلوّث بالأزرق، ثمّ قالت: «الحياة تركواز، وليست سوداء كما تظنّ». اضطررت إلى خلع قميصي لتجفيفه، واتّجهتُ نحو الأريكة الوحيدة في الصالة ساخطًا ممّا فعلته، فلحقتْ بي، وهي تخلع ثيابها بفوضى على الأرض، قطعةً وراء أخرى، ووقفت أمامي عاريةً تمامًا، ثمّ ألقت بجسدها فوق صدري قائلة: «ألم أقل لك أنّ الحياة تركواز، وليست سوداء دائمًا».

خرجتُ من بيت رهام ليلًا، بخفّة طائر، تحت وطأة غيبوبة عظيمة، ملطّخًا برائحتها التي كانت تنزُّ من مسامات جلدي، وقد خلا هواء الشارع من رائحة الموتى، وروث الأبقار.

27

أثناء تصفّحي موادّ الموقع الإلكترونيّ للتأكّد من صحّة العناوين لغويًّا، خشية التدخّلات المرتجلة التي يقوم بها رئيس التحرير، في اللحظة الأخيرة، لفت نظري وجود إعلان صغير متحرّك إلى يمين الصفحة. الإعلان يحمل اسم «السرحان للخدمات الفندقيّة والطبّيّة والعقاريّة». أحسستُ بطعنة إضافيّة تخترق أمعائي، وبرائحة روث أبقار تتسرّب إلى المكتب. صحيح أنّ الموقع يستقطب إعلانات تجاريّة، بين فترةٍ وأخرى، إلّا أنّ وجود إعلان يخصّ شركة السرحان، على وجه التحديد، باغتني تمامًا، اتّصلت هاتفيًّا بمدير قسم الإعلانات في الموقع، أسأله عن كيفيّة وصول هذا الإعلان إلى الموقع، فأجابني بحماسة وإعجاب أنّ السرحان هو أحد المساهمين في تمويل الموقع من طريق تزويده بالإعلانات، وما هذا الإعلان إلّا بداية حملة ستقوم بها شركة السرحان لمواكبة حملة إعادة إعمار الأحياء المنكوبة التي تضرّرت نتيجة الحرب. كانت عشرات الأحياء المحيطة بالعاصمة شبه مدمّرة، وكان على شركة السرحان وأمثالها اقتسام الغنائم، ومحو أنقاض الهويّة القديمة لهذه الأحياء بمجسّمات أنيقة على هيئة أبراج زجاج تتخلّل شوارعها العريضة حدائق ومسابح ومولات حديثة، ومرأب للسيّارات،

وبنوك، وملاعب غولف، بقصد دفن ذكريات واستغاثات وآلام السكّان الأصليّين، تحت طبقة كتيمة من الإسمنت والمعادن والرخام. شركات مافيوزيّة بأذرع طويلة ومتشابكة أنشبت مخالبها في حطام الجسد المريض لامتصاص ما تبقّى فيه من روح، بالاتّفاق مع شركات عابرة للحدود، ليس لإعادة البيوت إلى أصحابها المهجّرين، إنّما بلفظهم خارجًا، إلى الأبد، وذلك بتزوير أو شراء وثائق الملكيّة تحت التهديد بأثمان بخسة، وسأنتبه إلى أنّ حملةً أخرى يقودها موقع «شعاع» في تمجيد «إعادة الإعمار»، على امتداد جغرافيا البلاد، وفي المقابل تجاهل الأسباب التي أدّت إلى هذا الخراب. كانت افتتاحيّة رئيس التحرير ذلك اليوم، خلطة من البرسيم والشعير في معلفٍ واحد، إضافة إلى توابل وبهارات وطنيّة في ضرورة الاهتمام بالحفاظ على بيئة نظيفة، ونسف الأحزمة العشوائيّة للمدن بما يليق بتاريخها الحضاري المجيد، مستشهدًا بأبيات شعر مكسورة الوزن، تؤكّد العراقة. أحسستُ في لحظة بأنّ حفيد السرحان يحفر بأنيابه السقف الذي يفصل مكتبه عن أرضيّة مكتبي، تحت الكرسيّ الذي أجلس عليه مباشرة، وبأنّ صوت حركة المخالب يقترب منّي أكثر فأكثر. ألقيت نظرة نحو الأسفل، كان رخام الأرضيّة يتشقّق على هيئة دائرة، تحيط بالكرسيّ تمامًا، نهضتُ خائفًا من أن أسقط عموديًّا، بين أنياب الذئب مثل فريسة محاصرة، اتّجهت بخطوات متعثّرة نحو الحمّام، تأمّلتُ وجهي في المرآة التي فوق المغسلة، كان شاحبًا بعينين مغبّشتين، تهيّأ لي أنّ حركة أنياب الذئب قد انتقلت إلى أرضيّة الحمّام، إثر اهتزاز المرآة، فخرجتُ مسرعًا نحو مكتبي، تناولت حقيبة أوراقي من فوق المكتب، وغادرت المبنى غير عابئ بأخطاء النحو والإملاء في ما تبقّى من موادّ قيد القراءة. صعدتُ إلى أوّل حافلة متّجهة إلى وسط المدينة، ثمّ تهاويت فوق مقعدٍ فارغ إلى جانب جنديّ بذراعٍ مكسورة

ملفوفة بشاش مدمّى، وكتابات تذكاريّة بخطوط عرجاء. خيّل إليّ أنّه ضحيّة أنياب ذئب ما، من فصيلة السرحان، لكنّه نجا من الافتراس بمعجزة. فجأة، ارتفعت أصوات أبواق السيّارات، وازداد الزحام في ساحة الأمويّين، واستنفر ركاب الحافلة خشية وقوع انفجار. ألقيت نظرة من خلال زجاج النافذة: كان السرحان الأوّل يحاول أن يجرَّ ثورًا هرمًا لعبور الساحة، لكنّ الثور وقع على الأرض وراح يخور في مكانه، فعطّل حركة المرور، إلى أن وصلت رافعة إلى مكان الحادثة، وحملت الثور إلى المسلخ. كنت أراقب حركة طيران الثور في رحلته الأخيرة فوق المدينة، وقد فقدَ فحولته نهائيًّا، فيما كانت الحافلة تنزلق في النفق وصولًا إلى موقف الحافلات تحت جسر الرئيس. متاهة للأصوات، والبضائع، والوجوه المنهوبة، والمتسوّلين، وباعة كتب الأرصفة: مكتبات شخصيّة معروضة للبيع، هاجر أصحابها أو هُجّروا من بيوتهم. كتب تحمل إهداءات مؤلّفيها، مجلّات محتجبة، رسائل جامعيّة، معاجم بالروسيّة والإنكليزيّة والفرنسيّة والألمانيّة، برج بابل للغات. ابتعتُ معجمًا باللغتين الفرنسيّة والعربيّة، من أجل رهام التي قرّرت بعد تفكير أن تلجأ إلى العمل في الترجمة، أو كما أخبرتني في زيارتها الأخيرة بنشوة «المهنة: مترجمة، ما رأيك؟». ألقت عبارتها هذه، بمجرّد أن فتحتُ لها باب بيتي، ألقتْ حقيبتها على الكنبة، ثمّ أحاطتني بذراعيها. ناولتها المعجم فاحتضنته بسعادة، ثمّ عانقتني مرّة أخرى تعبيرًا عن الامتنان، وأرخت رأسها فوق كتفي، كانت تهذي بعبارات غير مفهومة، إلى أن قالت بوضوح: «أريد أن أترجمك، خليّة، خليّة، الكيمياء تعمل بجدّ». كانت رهام تكتب تاريخًا موازيًا لعلاقتنا المحمومة. تستلُّ قلمًا بنفسجيًا، وتكتب على الحائط المجاور للسرير: الساعة واليوم والتاريخ، مؤكّدة أنّ ما نكتبه فوق الملاءة، هو التاريخ الوحيد غير المزوَّر، وكل ما عداه أكاذيب مؤرّخين، وستنشئ مدوّنة

أخرى على الحائط المجاور لسريرها «انظرْ إلى شجرة نسب جسدينا إنّها مثقلة بالتفّاح المحرّم، إنها الجنّة». لم تكن ألعاب رهام مجرّد أفعال طائشة، فقد كانت تهديني، من دون قصد، أفكارًا مفيدة في عملي على الكتب التراثيّة، وذلك بالالتفات إلى الهوامش والحواشي، تلك الملاحظات التي يضعها المحقّقون في أسفل الصفحة، لتفسير أو نفي أو تبرير واقعة ما، قد لا تتوافق مع المتن، أن تقرأ بمتعة، ما أهمل تفسيره النصّ، أو ما لم يكترث له التاريخ الرسمي من حيوات الآخرين، أولئك الذين بلا ألقاب وأوسمة وسيوف مسلولة على الدوام، أو أن تقع على ما دوَّنه مؤرّخ شعبيّ مجهول عن الحياة الموحلة للبشر المخذولين، والطقوس السرّيّة لطائفة ما، وهجاء السلطة، ومديح العشق، وعمل الحواسّ. مخطوطات تقبع في الظلّ لا تكترث لها التواريخ الرسميّة، يترصّدها رقباء صارمون مثل وباء تنبغي مقاومته، إلّا أنّ هذه الهوامش والحواشي، وكذلك الكتب المحرّمة، كانت تزحف إلى المتن بصبر النمل إلى أن تتسلّل من الشقوق نحو الضوء، بنسخٍ إلكترونيّة يمكن تحميلها بدقائق، على مرأى حرّاس الفضيلة.

بعد بحثٍ مضنٍ في مواقع الكتب الفرنسيّة، وقعت رهام على كتاب يحمل عنوانًا مثيرًا، يتناسب مع فلسفتها في المتعة: «موجز تاريخ الأرداف» لمؤلّفه جان ليك هينيج، ورغم فشلها في إقناع أيٍّ من دور النشر المحلّيّة الموافقة على طباعته بمجرّد لفظها عنوان الكتاب، إلّا أنّها قرّرت ترجمته من باب المتعة الشخصيّة، وكتمرين أوّليّ في الترجمة، وكانت كلّما توغّلت في صفحات الكتاب استعارت جملًا منه في تبرير أفعالها الإيروتيكيّة، في ما يخصّ «كثبان الجسد المهملة والشرهة»، وجغرافيّة «عتبة الألم اللذيذ»، و«الزغب البنفسجيّ»، وتضاريس الشهوة غير المُكتَشفة، من سلاميّات أصابع القدمين، إلى المنطقة الممتدّة من أسفل الرقبة نزولًا نحو أعلى

الردفين، واستغاثة أضلاعها البارزة على جانبي عمودها الفقريّ. بتأثير معجمها هذا، كانت تجذبني بجنون إلى سجّادة اللذّة، تنسلُ خيوط القسوة المتراكمة في روحي، خيطًا أسود إثر خيط، تنقّب عن خيوط التركواز، ذلك اللون الذي لا تشكّ في وجوده في مكانٍ ما من شراييني المتخثّرة، وقد أودعه أحد أجدادي العشّاق، ممّن نجوا من تربية قلب الذئب في صدره، في مكانٍ ما من روحي القلقة. كنت رويت لها حكاية جدّي السادس الذي أصيب بمرضٍ لا شفاء منه، إلى أن نصحته عرّافة غجريّة بأن يتبع قلبه بقولها: «الهوى دخل رأسك». نظرتْ نحوي بإمعان، ثمّ قالت: «لا تحتاج لأن تجتاز الصحراء بحثًا عنّي، أنا شجرتك، وأنت شجرتي». ولكن، هل أحببتُ رهام حقًّا؟ كنتُ بقلبٍ تالفٍ، وممزّقٍ، وقلقٍ، مثل طائر أبي الحنّاء، لا أستقرّ على غصن، ما إن تغيب حتّى أشتاق إليها، ثمّ أشعرُ بالضجر، ثمّ أباغتها بزيارات ليليّة متأخرة، فتبادرني ضاحكةً «هذه غزوة، على غرار ما كان يفعله أجدادك قطّاع الطرق». أجلسُ صامتًا، أراقبها وهي ممدّدة على بطنها، وقد افترشت الأرض، محاطة بالأوراق والأقلام الملوّنة وفناجين القهوة. تلملم أوراقها، تتمطّى، ثمّ تقول: «ترجمتُ فصلًا كاملًا من الكتاب، لكنّني أظنُّ أنّني ارتكبت حماقات لا تغتفر في اللغة العربيّة: هل كلمة (تزحط) فصيحة؟ ثمّ أيّهما أفضل العرقوب، أم الكاحل، أم كعب أخيل؟ ثمّ هل تشرب القهوة؟ ناولتني ورقة كأنموذج من ترجمتها، ثمّ توجهت نحو المطبخ. قرأتُ محتويات الورقة باهتمام ونهم «كل النتوءات عند المرأة ينبغي أن يكون فيها شيء من الصلابة والامتلاء، ما يغري بلمسها...»، و«بعض الأرداف تبقى شابّة فترةٍ أطول. المنحى ما زال جميلًا، والفخذان أيضًا، ولكن البطن يُفسد المشهد»، و«الأرداف والمنحنيات، المشدودة حينًا، والمسترخية حينًا، كما القيثارة والوتر». وضعتْ فنجان القهوة أمامي، ثمّ سألتني

رأيي في ترجمتها: «لا أخطاء لغويّة، ترجمتك ممتازة، ولكن ما مصير الكتاب نفسه. أشكُّ في أنه سينطق بلغة الضاد يومًا، بذريعة عدم الحشمة، وفي أفضل الأحوال، سيُمنع من التداول». عند الباب، أرخت يدها فوق مؤخّرتها وقالت: «لم تجبني: تزحط أم تنزلق، ثمّ أيّهما أفضل، أن نقول العرقوب، أم الكاحل، أم كعب أخيل؟».

28

ليل متأخّر، وشوارع شبه معتمة، وحاجز أمنيّ.

عبرتُ الرصيف باضطراب، ثمّ ما إن ابتعدت خطوات من الحاجز، حتّى بدا لي أنّ الأبنية تنهار على جانبي الشارع، تسقط عموديًّا مثل كتل إسمنت بلا روح، لتتكشّف عاصفة الغبار الجهنميّة عن صحراء مفتوحة: كان جدّي السادس غزال الهلاليّ يمتطي بعيره، وهو شبه نائم، حيّيته بحركة من يدي، لكنّه لم يكترث. ألقى نظرة عجلى نحوي، ثمّ أدار رأسه إلى الناحية الأخرى. قلت لنفسي، وأنا أنفض الغبار عن عينيّ: إنّه محقّ في تجاهلي، فلستُ أنا من يجتاز البوادي ومضارب القبائل شهرًا كاملًا، ليقتفي أثر امرأة لا يعرف اسمها، صادفها أثناء رحلة قنص، فطلب منها أن تسقيه طاسة ماء فسقته، ثمّ سيموت على مقربة من ديارها، ويُدفن إلى جوارها. عندما رويت هذه الحكاية لرهام بتفاصيل أكثر ممّا رويته لها قبلًا، كنت أقصد تحسين صورتي كعاشق أمامها، وأنّني بقلب طائر وليس بقلب ذئب. لكنّها لم تقتنع أيضًا: «لا أظنّ أنّك تنتسب إلى هذا الطراز من العشّاق المجانين، لكنّني سأفترض – من دون قناعة كبيرة – بأنّ

خيطًا من التركواز قد تسلّل عَرَضًا من جينات هذا الجدّ إلى جيناتك النفيسة، وبناء على هذه النظريّة، من واجبي الحفاظ على هذا الخيط كأيقونة نادرة». في مناوشاتنا، رهام وأنا، على الأرجح، كنّا بحاجة إلى طوق نجاة كي لا نغرق في تفاهة ما يحيط بنا. التفاهة العموميّة بأذرع أخطبوط ومخالب صقر. هروب إلى الأمام بمجذاف قارب متهالك على وشك الغرق، من دون أن نتأكّد من صحّة الجهة: غابة أم مستنقع، حفرة أم بئر ماء عذب؟ أستيقظُ على صوتها عبر الهاتف، تستفسر عن عبارةٍ ما، استعصت عليها في ترجمتها بدقّة إلى العربيّة، تشكو من غزارة الإحالات في الفرنسيّة للكلمة نفسها، وتعدّد هويّة المؤخّرة في كتاب جان ليك هينيج الملعون: «أشعرُ بألم في مؤخّرتي. أمس، أمضيت ثلاث ساعات أمام كمبيوتري، ثمّ استلقيت على بطني فوق رخام أرضيّة الغرفة، ساعتين إضافيّتين، وقد أحسست بلذّة الاحتكاك بالأرض. تصوّر أن تستلقي على بطنك كي تترجمَ ما يتعلّق بتاريخ مؤخّرتك. سأرسل لك بعد قليل على بريدك الإلكترونيّ ما ترجمته أمس، آمل ألّا تجد أخطاءً لغوية فاحشة أيضًا». سأعترف هنا، بأنّني وقعت في هوى هذا الكتاب، فقد كان بالنسبة إليّ مصدر متعة، مقارنة بأغلبيّة الكتب المهترئة التي كانت تكلّفني دار النشر تصويب أخطائها الطباعيّة والنحويّة، والحذر من طمس ما في الأصل، وكتابة ما يخالفه، رغم أنّ كتبًا تراثيّة لا تحصى، كانت مُنتَحَلة، أو حُذِفت فصول منها، تبعًا لهوى المحقّق وتعصّبه لهذا المذهب أو ذاك. في البريد الذي أرسلته إليّ رهام، وجدتُ المقطع التالي «إنّها واحدة من أجمل المؤخّرات في العالم، حيث ترى ردفين هائجين وتهزّهما الارتعاشات. ترقص وشالها يرسم حولها قوسًا من السماء عظيمًا، يذكّر بشقٍّ ردفيها. ترقص وردفها يبدو أنّه يطير ولا يعود سوى هلالٍ ضخم». ووفقًا لمقاطع أخرى، فإنّ كنائس باريس القرن الثالث

عشر أدركتْ خطورة الرقص فاعتبرته جرمًا يعادل جرم حرث الأرض في يوم أحد، فهو يمثّل «عود الثقاب الذي يشعل الفسق». في ضوء عبارة وردت في نهاية المقطع، هي «العالم مستدير، العالم نهد»، كانت رهام تقوم بتطبيقات عمليّة على مؤخّرات وصدور النساء اللاتي تصادفهنّ أثناء وجودنا معًا، في مقهى ما، أو في الشارع، أو في مول مزدحم، بتعليقات تتناسب مع أشكال مؤخّراتهنّ وصدورهنّ، وستنتقل هذه العدوى إليّ تدرّجًا، في الانتباه إلى حركة الأرداف، والإيحاءات التي تنطوي على رغبة أو شبق أو يأس، الأرداف المحشوّة في سراويل ضيّقة، أو المسترخية تحت فساتين قصيرة، الأرداف والصدور المتأهّبة لمعركة، حركة الحوض المجنونة، أرداف وقحة وحرّة ووحشيّة، وأرداف على هيئة خطإ لغوي لا يُغتفر في خريطة الجسد. وسيتطوّر عمل الحواسّ في علاقتي مع رهام، باكتشاف هذه الخريطة المثيرة من النتوءات والتموّجات والاستدارات والمنحنيات، بتمرينات مُرتَجَلة أوّلًا، ثمّ بمقادير مدروسة من الفلفل الحار للذّة، تبعًا لاستغاثتها في العتمة. لا يشبه جسدٌ جسدًا آخر، فلكلّ جسد خرائطه السرّيّة وألغازه وتضاريسه ومتاريسه، الغرق في حلمة، أو اللجوء إلى السرّة، أو الانحناء على الركبة، وإغماض العينين، لكنّ هذا القوس المشدود للرغبة لا يقع على الهدف دائمًا، سيُواجه بانتهاكات مضادة، كأن يستيقظ القديس أغسطينوس في عقل رهام في ذروة إبحار العاطفة، في نوبات بكاء مفاجئة، أو أن تقتحم السرير رائحة روث أبقار، من بقايا سلالتي العصيّة على الانقراض، فأشعر بالاختناق. تتعافى رهام من أوزار خطاياها خلال ساعات، أو بعد يوم في الأكثر، بقوّة عناصر فلسفة المتعة، وإصرارها على عدم الالتفات إلى الوراء، في تبرير فاتورة سلوكاتها المستجدّة التي أتت على دفعات. ستعترف في لحظة هذيان بأنّها تعرّضت خلال وجودها في الدير لانتهاكات

غامضة، وملامسات خشنة، وإغواءات لا تقع في باب الفضيلة على الإطلاق. فيما سأغرقُ بمزاج سوداويّ داكن، يحيل الملاءة البيضاء كفنًا لجثّة امرأة اختنقت للتوّ تحت الأنقاض.

29

لم تكن علاقتي بكتب الجاحظ كما يجب، قراءات مختزلة، وحكاية مكرّرة عن نسّاخٍ في سوق الورّاقين، وقعت مجلدات كتبه فوق رأسه فمات، إلى أن طلب منّي صاحب دار النشر مراجعة طبعة جديدة من كتابه «الحيوان»، فقد كانت النسخة التي أحضرها لي من مخزن الكتب، عتيقة ومهترئة، وأخبرني بأنّها تحتاج إلى انتباه في تدقيق أبوابها كي تظهر في حلّة قشيبة، بحسب وصفه. أعادني عنوان الكتاب إلى كتاب آخر هو «حياة الحيوان الكبرى» للدميريّ، وإلى صورة الجدّ الثاني الذي كان يختار أسماء سلالته من صفحات هذا الكتاب، تاركًا هذه الكائنات الرخوة التي اتخذت أسماءها من أسماء الوحوش والطيور والزواحف، تعيش أقدارها المحتومة، فلكلٍّ من اسمه نصيب، مهما حاول تغيير جلده، فقد كان العمّ السابع الذي حمل اسم الضبع يطلق رائحة فطيسة بمجرّد استيقاظه صباحًا، وكان على زوجته، أن تترك باب الغرفة مفتوحًا لتبديد رائحة الجيفة خارجًا، حتّى في أكثر الأيّام صقيعًا، وكانت تتّخذ من عتبة باب الغرفة مجلسًا لها خشية الاختناق، ولم تفدها خلائط المحْلب والقرفة وأوراق الغار والدفلى التي كانت تدهن جسمها بزيتها، في مقاومة هبوب الرائحة

التي يطلقها الضبع مع أنفاسه، وكانت نساء العائلة يفسّرن اضطرابها الدائم، والتصاقها بالجدران، وجلوسها عند عتبة الباب، أو تحت شبّاك غرفة، بأنّها تحاول الاختباء في الشقوق، بعد أن أهداها الجدّ الثاني اسم السحليّة، ومذّاك لم تستطع التخلّص من سلوك الزواحف وطباعها.

كانت قراءة كتاب «الحيوان» فرصة للاطّلاع على أحد أهمّ كتب الجاحظ، ليس بما يخصّ طبائع الحيوان وحسب، وإنّما في شؤون مختلفة، فهو خلاصة تجربته في العلوم والبلاغة والتاريخ وعلم الكلام، أو كما قال عنه «جمع بين معرفة السماع وعلْم التجربة، وبين وجدان الحاسَّة وإحساس الغريزة، وما الفرق بين الدمية والجثَّة، والوثن والصنم».

كانت النسخة التي بين يديَّ في مجلّدين وسبعة أجزاء، وضعتُ مجلّدًا في حقيبتي لاستكمال قراءته في المنزل، وتركت الآخر في المكتب، ثمّ خرجتُ إلى هواء الشارع. لم يكن أبو عثمان عمرو بن بحر يعرف هذه الأماكن خلال زيارته اليتيمة دمشقَ، مقبلًا من بغداد، فبدا مدهوشًا من منظر المكتبات المتجاورة التي كانت تحتشد بالكتب المذهَّبة، ومن اتّساع سوق الورّاقين في الشوارع المجاورة، ثمّ قال متأسّفًا، وهو يتأمّل عناوين الكتب في الواجهات «فلا تذهب إلى ما تريك العينُ، واذهب إلى ما يريك العقل، وللأمور حكمان: حُكم ظاهر للحواسّ، وحُكمُ باطن للعقول، والعقل هو الحجّة». هززتُ رأسي موافقًا، ونحن ننحدر باتّجاه ساحة المرجة، ثمّ روى لي أنّه كان يؤلّف كتبًا تحتشد بالمعاني فلا يرى الأسماع تصغي إليه، ثمّ يؤلّف كتبًا أقلّ فائدة، وأنقص مرتبة، فينسبها إلى ابن المقفع وسواه من الكتّاب المصنّفين، فيقبلُ عليها القرّاء، ويسرعون إلى نسخها، ثمّ كيف أسند إليه الخليفة المأمون «ديوان الرسائل»، لكنّه لم يمكث

في ذلك المنصب سوى ثلاثة أيّام، لضجره من المكاتبات الرسميّة، ثمّ تهيّأ لي أنّه ربّت كتفي قائلًا بما يفيد مهنتي: «ولربّما أراد مؤلّف الكتاب، أن يصلح تصحيفًا، أو كلمة ساقطة، فيكون إنشاء عشر ورقات من حرِّ اللفظ وشريف المعاني، أيسرَ عليه من إتمام ذلك النقص، حتّى يردّه إلى موضعه من اتِّصال الكلام»، ثمّ اختفى قرب إحدى الخانات القديمة في ساحة المرجة، على بعد أمتار من حاجز عسكريّ للتفتيش عن مطلوبين، وفاتني أن أسأله عن صحّة حادثة موته بكتبٍ وقعت فوق رأسه ليلقى حتفه، الحادثة التي تداولتها مراجع كثيرة، ولكن بعد خمسة قرون على وفاته! كأنّ مؤرّخي تلك الحقبة، أرادوا أن يدفنوا الجاحظ تحت كتبه باعتبارها سبب البلاء، وكذلك الانتقام من أحد مهووسي المخطوطات الموسوعيّين، وذلك باختيار هذا النوع من الموت العبثيّ، فالجاحظ كان متفرّدًا بأفكاره، وبأسلوبه، وبانفتاحه على هويّات متضاربة، نابذًا التعصّب لمذهبٍ أو طائفة أو قوميّة، ما جعله «خزانة معلومات كثيرة الأصول والفروع»، حتّى أنّه كان يكتري دكاكين الورّاقين، ويبيت فيها للنظر والمعاينة.

حادثة تزوير علنيّة، لجأ إليها مؤرّخو القرن الرابع عشر، باختفاء أرشيف تلك الحقبة تحت سنابك خيل تيمورلنك في غزوته الثانية بغدادَ، ليدحر جيش المماليك بهزيمة ثقيلة، وربّما كان السبب الآخر للثأر من الجاحظ على هذا النحو، ميله إلى فكر المعتزلة، أولئك الذين أسّسوا عقيدتهم على العقل وقدّموه على النقل، والاتّكاء على الشكِّ والتجربة وإعمال العقل في التفكير والتأمّل والملاحظة، وكان الجاحظ أكثر من تناول أفكار المعتزلة في «الرسائل»، و«الحيوان»، مبجّلًا أستاذه إبراهيم بن سيّار النظّام بقوله: «الأوائل يقولون: في كلّ ألف سنة رجل لا نظير له! فإن كان ذلك صحيحًا فهو أبو إسحق النظّام».

فهل أراد المؤرّخون دفن الجاحظ تحت كتبه بدلًا من موته بالفالج، وهو في التسعين من عمره، بحسب رواة تلك الفترة، بقصد إطفاء شعلة أفكاره التي لم تعد تلائم انحطاط أفكار القرن الرابع عشر الذي انتهى على عتبة سقوط غرناطة؟

***

لم تقتنع رهام بأنّني كنت مشغولًا بتدقيق كتاب «الحيوان» إلى درجة عدم الاتّصال بها، طوال ثلاثة أيّام متتالية، واكتفت بعبارة صوتيّة واحدة على الواتس آب «أخشى أن يكون خيط التركواز الوحيد في جيناتك، مجرّد وهم اخترعتهُ بنفسي».

كانت هذه العبارة نوعًا من العقاب الموقّت، والسخط على غيابٍ غير مبرّر، وشبق متراكم، إلى أن يخبو غضبها بتأثير معانقات حميمة، تنتهي بقلم بنفسجيّ، تخطُّ به على الحائط المجاور للسرير: الساعة واليوم والتاريخ، ثمّ قهوة ثقيلة تعدّها بنفسها، وسجائر، واحتجاجات جديدة على اهتمامي بطبائع الحيوان وعصر الجاحظ، أكثر من اهتمامي بها، وإهمال الردّ على بريدها الإلكترونيّ، وقراءة ما ترجمته أخيرًا، من كتاب «موجز تاريخ الأرداف».

30

كان رخام أرضيّة بهو المبنى الزجاج لامعًا، يعكس ظلال خطواتي فوقه مثل مرآة، فيما كان صوت موسيقى خافتة ينبعث من أرجاء المكان واضحًا، من دون أن يختلط بثغاء خراف، أو عواء ذئب، أو رائحة روث أبقار. قرّرت أن أضغط الزرّ الرقم 8 في المصعد. كانت المرّة الأولى التي أفكّر في التوقّف في الطبقة الثامنة، حيث تقع شركة السرحان، لإلقاء نظرة على هذا المكان الغامض، بذريعة الحصول على كاتالوغ خدمات الشركة. كان الممرّ هادئًا، لا حركة، أو رائحة، أو صوت. تقدّمت بضع خطوات خارج المصعد، انتبهت إلى وجود رجل عجوز يجلس على كرسيّ، في عمق الممرّ، وقد أسند رأسه بيديه. سألته عمّا حصل، فأشار بحركة من يده إلى الباب، التفتُّ نحو الباب، كان مختومًا بالشمع الأحمر. استفسرت من الرجل عن السبب فهزّ رأسه يمينًا وشمالًا. صعدت الدرج إلى الطبقة التاسعة مسرعًا. اتّجهت إلى مكتبي، ثمّ استعرضت موادّ الموقع في كمبيوتري، فلم أجد خبرًا صريحًا عن إغلاق شركة السرحان، فقط اختفى الإعلان عن الشركة في أعلى الصفحة. لم أشأ أن أستفسر من أحد عمّا حدث، إلى أن قرأت افتتاحيّة رئيس التحرير. كانت الفقرة الأولى من الافتتاحيّة مكتوبة

بنبرة هجاء عالية ضد أولئك الذين خرّبوا الاقتصاد الوطني طوال سنوات الفوضى، وجاء الآن وقت محاسبتهم، ببتر أذرعهم الطويلة التي عاثت فسادًا بمقدّرات البلاد. وسوف يورد عبارةً موحية، تشير إلى السرحان، أو هكذا تهيّأ لي: (هؤلاء الذين كانوا «يسرحون» طولًا وعرضًا خارج القانون، مثل ذئاب جائعة، آن الأوان لخلع أنيابهم، ومحاكمتهم على جرائمهم التي لا تُحصى). لا تحتاج هذه الفقرة إلى شرح أو تأويل أو مجاز، لا شكّ في أنّ التعليمات الجديدة بإحالة حفيد السرحان إلى المفرمة، وتحويله شرائحَ مرتديلّا بالبهارات، قد وصلت إلى أذن رئيس التحرير، وها هو يضع موقعه الإلكترونيّ بتصرّف مافيا أكبر، لا تحتمل وجود ذئب آخر يشاركها حظيرة الخراف، أو أن يتهرّب من دفع الإتاوة المطلوبة، مقابل الصمت على تجاوزاته القانونيّة، فالمافيا الأمّ هي التي تضع قوانين الرضاعة من ضرع البقرة، وهي التي تحدّد حصص المافيات الصغيرة من الحليب. كما سيستعرض المحرّر الاقتصاديّ في الموقع ملفّ حفيد السرحان وطريقة صعوده إلى الواجهة، واصفًا إيّاه بالأخطبوط العقاريّ، وملك المخدّرات، وتبييض الأموال، وتهريب السلاح، وطالب بمصادرة أملاكه المسجّلة بأسماء وهميّة، وسيغمز من سمعة سلفه «أحمر عين». أحسستُ باضطراب، لحظة قراءة اسم أحمر عين، مستغربًا معرفة المحرّر الاقتصاديّ بهذا اللقب، وأسرار سيرته، بما فيها علاقته مع الضابط كاف. لم أشكّ في أنّ جهة أمنيّة ما، قد سرّبت ملفّه إلى الموقع لإطاحة الحفيد إلى الأبد.

بعد أسبوع من واقعة إغلاق شركة السرحان، احتلّت لافتة ضخمة واجهة الطبقة الثامنة من المبنى، تحمل اسم «العيادة التجميليّة الشاملة»، وسأجدُ إعلانًا متحرّكًا عن العيادة على عرض واجهة الموقع بأحرف مكتوبة بالأحمر، بإشراف خبير التجميل سعد زكريا الذي يحمل شهادة عليا من باريس في عمليّات التجميل،

ولأنّني ما زلت منكبًّا على تدقيق كتاب «الحيوان»، سأقع ثانيةً تحت إغواء المقارنات، لكنّ هذه المرّة بين معاينات الجاحظ على الثديّيات لمعرفة طبائعها، وما يفعله مبضع خبير التجميل بالأثداء والشفاه والأرداف، لتغيير هويّات الأجساد، وإلغاء تاريخها الحقيقيّ، بتصنيع دُمى متماثلة، كما لو أنّها خارجة من معمل للبلاستيك. في المصعد، كنت أراقب بحذر أجساد النساء، سواء قبل عمليّات التجميل أو بعدها، وهل صدر تلك المرأة خضع لمبضع الجرّاح، أم إنّه هبة الطبيعة؟ كما لن تفوتني مراقبة مؤخّرة إحداهنّ، وهي تغادر المصعد في الطبقة الثامنة من المبنى أثناء صعودي، أو وهي تغادر البهو بخطوات إيقاعيّة مثيرة، وقد تخلّصت من الدهون الفائضة، كما لو أنّها دفنت تاريخًا كاملًا من الأسى في سلّة النفايات.

– هل التاريخ عمليّة شفط دهون أيضًا؟

أسأل نفسي، وأنا أجتاز المسافة إلى بيت رهام. أستعيد وقائع مزوّرة، وأخرى دُفنت تحت رمال الزمن، وبطون الكتب المحرَّمة، ثمّ سيبزغ سؤال آخر من تحت الركام: إذا كان المنتصرون هم من يكتبون التاريخ، فكيف تمكنّا من تدوين الهزائم المتتالية على أنّها انتصارات، وكيف شفطنا دهون هزيمة إثر هزيمة بضربة مشرط واحدة؟ ثمّ سأسأل رهام بنبرة تهكّم: هل للتاريخ مؤخّرة؟ تجيبني بطمأنينة، من دون أن ترفع رأسها عن كتابها: للتاريخ قضيب!

كانت رهام قد قطعت شوطًا طويلًا في ترجمة مقاطع متفرّقة من الكتاب، وفقًا لمزاجها في اكتشاف المتعة، وحساسيّتها الذاتيّة نحو هذه الفكرة المجنونة أو تلك، من تهويمات جان لوك هينيج ومهارته في «حشو المعكرونة بكبد الإوزّ»، غير مكترثة بترجمته كاملًا، خصوصًا بعد اكتشافها نسخة مترجمة من الكتاب إلى العربيّة، ولكن بإغفال اسم المترجم، وهو ما جعلها تظنُّ أنّه سقط سهوًا. أجبتها

وأنا أقرأ فصلًا من الكتاب: على الأرجح، أُغفل الاسم بسبب حرص المترجم على سمعته، وخشيته من ارتباط اسمه بمثل هذا الكتاب المرذول الذي يفتقد أدنى درجات الحشمة، المترجم لجأ إلى التقيّة، على غرار ما يحدث في معظم ما يُكتب باللغة العربيّة، طلبًا للنجاة أو الستر، فمثلما يورد مؤلّف الكتاب أنّ الأرداف الضخمة هي بمثابة تهمة دائمة، كذلك الاعتراف بأهمّيّة كتب كهذه تهمة لا تُحتمل، فيما تزدحم واجهات المكتبات بكتب الفتاوى والشعوذة والطبخ. نهضت رهام نحو المطبخ لإعداد وجبة «إفروديتيّة» وفقًا لوصفها، بتأثير من وصفات إيزابيلّ الليندي المشهّية، تلك التي تمزج لذّة الطعام بلذّة العشق، بحسب ما غمزت به، بحركة من ردفيها، وهي تجتاز المسافة بين الصالة والمطبخ، حركة تنبئ بسيناريو شهوانيّ مثير.

كان كتاب «أفروديت» مرميًّا بإهمال في زاوية الصالة، بالقرب من الكنبة، فوق كومة من كتب البهجة، كما أسمتها رهام، تناولته من دون أن أغادر مكاني، وتصفّحته على عجل، ثمّ توقّفت عند صفحة الفهرست، ثمّ جذبني المحتوى، ثمّ اختلطت الرائحة المنبعثة من المطبخ بالروائح التي اقترحتها إيزابيلّ الليندي في كتابها الموسوعيّ عن تاريخ الطعام: وصفات إرشاديّة تمزج الشهيّة بالشهوة، في نزهات إيروسيّة مثيرة. كنت أتتبّع الخطوط التي وضعتها رهام تحت بعض السطور بلون بنفسجيّ، اللون نفسه الذي تستخدمه في الكتابة على حائط شجرة نسب الجسد، لمعرفة ما تخطّط له من ألعاب إيروسيّة تنتظرني. كنت مذعورًا بحقّ من جنون رغبتها وشبقها الذي لا يهمد بسهولة، كأنّها أرادت تعويض سنوات الجوع والوحدة في الدير، وتعاليم القدّيسين في العفّة والورع والفضيلة، بغزوات مضادّة، وبممحاة تطيح هزائمها طوال ثلاثين سنة من الشهوات المجهضة عمدًا، بفعل خشيتها من الخطيئة.

31

تلك القيلولة من حزيران، فشل كلانا في إحداث معجزة إيروتيكيّة، كما ينبغي. بررّتُ ارتباكي بكثرة التوابل التي أفسدت الطبخة، واكتفت رهام بوضع سهم متّجه نحو الأسفل، على حائط الرغبات، من دون أن تكتب التاريخ، كما هي عادتها في وقائع مشابهة. لعنت في سرّي إيزابيلّ الليندي ووصفاتها الغرائبيّة التي أصابتني بعسر هضم، كما استحضرتُ سببًا آخر لفشلي في مجاراة رهام في ألعابها الحسّيّة، يتعلّق بكآبتي المزمنة التي تنتابني فجأة، لتدوم أيّامًا متتالية، بلا تفسير واضح لأسبابها، وأحيانًا لسبب عابر لا يستحقّ الاكتراث، لكنّني سأنكأ جراحًا قديمة لتبرير تعكّر مزاجي، واستحضار إحباطات متراكمة، كنت أظنُّ أنّني دفنتها إلى الأبد. لا أنكر أنّ اقتحام رهام حياتي، أضفى نوعًا من البهجة الموقّتة عليها، ولكن فوق أرضٍ زلقة يحكمها التكرار، كمن يلجأ إلى المعجم لتفسير معنى مفردة في المرّة الثالثة، وربّما في المرّة الخامسة.

كانت رهام تدير وجهها إلى الحائط، صامتة كجثّة، كأفضل ما تفعله بقصد تحريضي على مداعبتها مجدّدًا، أو هكذا ظننت، وكنت أدخّن بضجر، أتأمّل الأرشيف الحيّ على حائط التركواز، ما

منحني شحنة مباغتة للالتصاق بجسدها الذي كان على هيئة قوس مشدودة، ومعانقتها بحميميّة وعنف متبادلين، وبتصميم أكيد على محو أثر الهزيمة الموقّتة، مدفوعًا بتلك التواريخ البنفسجيّة المكتوبة بخطوط مائلة، وبفوضى خرائط الدجاج. قلت لرهام، وأنا أشير إلى الحائط «هذه هي المخطوطة الوحيدة التي لن يستطيع أيّ محقّق كتب قديمة تفكيك ألغازها، ما عدانا نحن الاثنين». هزّت رأسها بامتنان، ثمّ غادرت السرير عارية نحو المطبخ «سأعدّ شايًا بالزنجبيل والعسل». أدركتُ أنّها ما زالت تحت سطوة كتاب الوصفات الإيروتيكيّة، وخشيت من خططها الشبقيّة التي ستقلّبها على نار الموقد أثناء تحضيرها الشاي، فتذرّعتُ بموعد غير قابل للتأجيل مع صاحب دار النشر، وكان هشام البارودي قد طلب منّي فعلًا بأنّ أرافقه في زيارة أحد أصحاب المكتبات الثمينة، على أمل الحصول على كتب نادرة وإعادة طباعتها في نسخة جديدة. رمقتني بنظرة مشكِّكة، ثمّ قالت، وهي تضع أعشابًا مجهولة في إبريق الشاي «آمل ألّا تكون هناك مخطوطة أخرى على حائطٍ آخر».

32

لم تكن مكتبة شخصيّة، اضطرّ صاحبها إلى بيعها، كما أخبرني صاحب دار النشر بالهاتف، إنّما مستودعًا ضخمًا في قبو مبنى شبه مهدّم، في أحد أحياء الضواحي العشوائيّة المنكوبة بآثار القذائف. أكوام من الكتب والمجلّدات العتيقة والمجلّات المكدّسة عند أطراف الدرج، وصولًا إلى عمق المستودع. كان الرجل الذي رافقنا إلى القبو يعرج بقدمه اليسرى، ربّما من أثر رصاصة قديمة في ساقه، وبدا من هيئته وإجاباته عن أسئلتي بأنّه لا يفقه شيئًا في أنواع الكتب أو قيمتها أو تاريخها، قبل أن يعترف بأنّها كانت تخصّ أحد سكّان البناية الذين غادروا الحيّ تحت القصف، وأوكله بيع محتوياتها. كان هشام البارودي يقلّب الكتب بعينين نهمتين، ثمّ يضع بعضها جانبًا، فيما انهمكتُ بقراءة صفحات الإهداء، وعناوين لفتتني، إضافة إلى دفتر مسوّدة يحتوي على ما يشبه يوميّات، فقرّرت الاحتفاظ به، ثمّ أعدته إلى مكانه، خشية الالتصاق بأوجاع ذاكرة لا تخصّني، كما وجدتُ ألبومًا للصور بالأبيض والأسود، غابت ملامح أصحاب الصور تحت طبقة من الغبار، إضافة إلى أسطوانات قديمة، ونسخة مهترئة من كتاب «الدرّ المنتخب من معاملات القدّيس يوحنّا فم

الذهب» مطبوعة في حلب، العام 1708، قلّبته على عجل، فلم ترق لي مواعظه، عدا عبارة استوقفتني طويلًا «أريد أن أطرد لا الهراطقة، بل الهرطقة»، وفي ركنٍ آخر تراكمت مجلّات قديمة مثل «الرسالة»، و«الهلال»، و«العروس». أكملت تجوالي بين الممرّات الضيّقة، وصولًا إلى ستارة من المخمل مثبّتة على عجل، تفصل مخزن الكتب عن بقيّة أقسام المستودع، أزحتها قليلًا، فتكشّفت عن مستودعٍ آخر: غسّالات كهربائيّة، وأفران، ومراوح، ومكيّفات، وكمبيوترات. من الباب الزجاج لإحدى الغسّالات لمحت جزءًا من فستان، أو غطاء مخدّة بلون ورديّ منقّط بفراشات صغيرة. كانت مروحة الغسّالة تدور في رأسي بصخب، وكانت امرأة تنشر ملاءات ملوّنة على حبل غسيل في الشرفة، وهي تردّد أغنية مرحة، قبل سقوط القذيفة بقليل، فهرعتْ نحو الداخل، ولم يسعفها الوقت لإكمال دورة الغسّالة. صحوت من شرودي على صوت هشام البارودي الذي كان قد أنهى الصفقة، يحثّني على مغادرة المكان. ساعدته في حمل الكتب التي اختارها إلى الخارج، إضافة إلى عناوين اقترحتها عليه، وأنا أفكّر: هل كلمة «تعفيش» فصحى أم عاميّة؟ بخروجنا من المستودع، انتبهت إلى موقد من الكتب، يعلوه إبريق شاي بلون الفحم، بمحاذاة حائط غرفة مهجورة.

(هل كان الشاي بطعم الحبر؟).

كان هشام يقود سيّارته مبتهجًا بعناوين الكتب التي غنمها بثمنٍ بخس، كما لم يعبأ بسؤالي عن حقوق الملكيّة الفكريّة لهذه الكتب؟ أجابني بعد صمت، بما يشبه الحكمة: نحن نعيش في بلاد لا حقوق ملكيّة فكريّة فيها على أرواحنا وأجسادنا، فما بالك بالكتب والمخطوطات! ثمّ أضاف: في زمن الفوضى، علينا تهجين الخراب بما ليس فيه، بنفض الغبار عن الكتب النفيسة ووضعها في متناول قرّاء

اليوم، وأن نجمع المعرّي، وابن تيمية، والغزالي، وابن رشد، والجاحظ، حول مائدة واحدة.

كان هشام البارودي شخصًا محيّرًا، بالنسبة إليّ، فهو يجمع بين حنكة تجّار البزوريّة في الإقناع، ونباهة الكُتبي الذي يمتلك مجسّات في شمّ رائحة الكتاب النفيس، متكّئًا على خبرة اكتسبها من جدّه الذي كان يفترش مصطبة عند فناء الجامع الأمويّ لبيع كتب الفروسيّة وملاحم الأبطال الشعبيّين والمصاحف، ثمّ طوّر عمله بطباعة نسخٍ أنيقة من القرآن، بأغلفة مذهّبة، كان يشحنها بالقطار إلى يافا والقدس والمدينة المنوّرة، وسوف يكتسب خبرة إضافيّة من أبيه الذي افتتح مكتبة صغيرة في زقاق ضيّق يطلّ على محطّة السكّة الحديد في الحجاز لبيع الكتب الشعبيّة والطوابع والبطاقات التذكاريّة. بدأ هشام حياته المهنيّة عاملًا في مطبعة بتوصية من والده، ملطّخًا برائحة الأحبار والرصاص والشحوم، ثمّ صار معلّمًا في التجليد الفنّيّ للكتب، وحين مات والده استلم المكتبة، وتمكّن خلال سنوات قليلة من توسيعها، ثمّ أسّس دارًا للنشر متخصّصة بالكتب التراثيّة، في موقع متاخم للمكتبة. لن يجد زائر المكتبة كلّ ما تنشره الدار من عناوين، فهناك كتب تبقى سرّيّة، لا أعلم أين تختفي، وكيف يتمُّ تسويقها، وإلى أيّ جهة؟ ولم أفكّر يومًا في مصيرها، فعلاقتي بها تنتهي عند حدود تصحيح البروفة النهائيّة للكتاب.

كان يومًا طويلًا ومرهقًا وكابوسيًّا، وكنت بحاجة إلى قهوة مركّزة لإزاحة ما تراكم من صور في تلك الرحلة بصحبة هشام البارودي، وكانت صورة الغسّالة الكهربائيّة تدور في رأسي، من دون توقّف، بفستان ورديّ منقّط بفراشات صغيرة، وكانت شوارع المدينة حبال غسيل طويلة ومتقاطعة لتجفيف جثث القتلى قبل دفنها في مقابر مجهولة. في اللحظة الأخيرة، قرّرت أن أعرّج على حانة الأصدقاء،

بالقرب من جسر فيكتوريا. نفق طويل ينحني نحو الأسفل، ثمّ كهف شبه معتم، توقّفت عند مدخل الحانة لحظات، ريثما أتبيّن الوجوه الضائعة وسط سُحب الدخان والضجيج ورائحة الكحول. كانوا كما تركتهم منذ أشهر. تماثيل حجر ناطقة مثبّتة على كراسٍ بلاستيك متقابلة. شعراء خائبون، وبقايا شيوعيّين بدمغة ستالين المعدّلة، وطهاة نظريّات بائتة، وشجن أغانٍ عراقيّة، وعرق مغشوش لإشعال المخيّلة بأفكار سورياليّة. استبداديّون ضد الاستبداد. طائفيّون يرفضون الطائفيّة شفويًّا، نقّاد بلا نظريّات نقديّة. بدو بسراويل جينز وسنام جمل في الرأس، أكريليك وأقلام فحم، وقصائد مرتجلة من أرشيف السبعينيّات: «جفنك جنح فراشة غضّ وحجارة جفني وما غمض، يل تمشي بيا ويا النبض، روحي على روحك تنسحن، حنْ وأنا حن». المشهد نفسه، كما لو أنّه أسطوانة عالقة منذ سنوات، في الركن نفسه، عدا بعض اللمسات الطارئة، فوجود رسّامة خمسينيّة بلهاء، أتت مصادفة، أيقظ سجالات استعراضيّة، تضمر فخاخًا ملوّنة لاصطياد الطرائد بمخالب الأيديولوجيا البلاستيك. رفع أحدهم نخبها، على أمل ردم المسافة بينهما، بنظرة اشتهاء بهيميّة، لكنّها ستفاجئه والآخرين بفكرة مباغتة، ربّما بتأثير الكحول: «أهدتني صديقة مجرِّبة فكرة أذهلتني بصحّتها: المثقّفون مخصيّون في الفراش، وفحول في الحكي حول الموائد». ران الصمت قليلًا، ريثما حملت الرسّامة حقيبتها وعدّة شغلها، ثمّ غادرتْ المكان. عادت التماثيل الحجر الناطقة إلى استنشاق رائحة النشادر المنبعثة من المراحيض المجاورة للطاولة لتختلط برائحة الغراميّات المحبطة، والمشاريع الشفويّة المؤجّلة، والسخط من كلّ ما حدث، وما سيحدث غدًا، في هذه الجغرافيا الملعونة إلى الأبد.

33

استيقظتُ بصعوبة، من دون أن يفارقني صداع الأمس. كنتُ شخصًا آخر في المرآة، بالكاد تعرّفت إلى ملامحي المتعبة. تناولت كبسولة بيزو كاند لتنظيم ضغط الدم. استعدتُ منامات الأمس مع ركوة قهوة كاملة: كان الجاحظ يجلس على كرسيّ متحرّك بعجلات، محاطًا برفوف الكتب، وكنتُ أتأمل ضخامة المكتبة، وفوضى المخطوطات، حين طلب منّي أن أناوله كتاب «المحاسن والأضداد» من الرّف الخامس إلى اليسار، لإضافة عبارة فاتته قبلًا. أحسست بخدرٍ في يدي، فلم أتمكّن من تلبية طلبه، فتمتم بعبارة لم أفهمها، أو لم أسمعها جيّدًا، فقد كان هدير الغسّالة الكهربائيّة عاليًا وصاخبًا، وهي تدور بفستان أحمر منقّط بالفراشات (كان الفستان ورديًّا، كما رأيته في مستودع الكتب المنهوبة). تقدّم حارس المستودع وسحب الكرسيّ المتحرّك بعجلات إلى ما وراء الستارة، وقد اختفى الجاحظ بين أكوام الكتب، بعد أن دفعه الحارس بقبضة يده من الخلف. كان كلُّ ما حولي يدور مثل مروحة ضخمة. سكبتُ فنجان قهوة آخر بيدٍ مرتعشة، وأنا أستعيد ما رواه أحد أصدقاء طاولة الأمس، في وصف جحيمه الخاصّ: كنت أرى ظلال المروحيّة التي كانت تهدر فوق رأسي، في فنجان القهوة، متوقّعًا

سقوط قذيفة في الشرفة، لكنّني نجوت مصادفة، وها نحن نلهو بتقنين الوقت، ومضغ كبسولات الأمل تحت اللسان. بنصف فنجان القهوة المتبقّي في أسفل الركوة، استحضرت أوراق دفتر اليوميّات المجهولة الذي وجدته في مستودع الكتب، ندمتُ لحظة لأنّني لم أجلبه معي. سأفترض أنّ المرأة التي كانت تنشر الغسيل هي من كانت تكتب يوميّاتها في ذلك الدفتر المدرسيّ، على الأرجح، يوميّات عن الفزع والفقدان والحصار، وفي حال كانت أسطوانات الموسيقى تخصّها، لا شكّ في أنّها كانت تقاوم الموت الوشيك بالإنصات إلى الموسيقى، وإحصاء ما تبقّى من عائلتها في قيد الحياة، في ألبوم الصور.

لن تفارقني صورة مشرحة، لحظة توقّف مصعد المبنى الزجاج في الطبقة الثامنة التي احتلّتها العيادة التجميليّة الشاملة. أتخيّل أثداء وأردافًا وبطونًا، وأنوفًا وشفاهًا، وهي تخضع لعمليّات بتر وتقويم وحقن وشفط، وتكبير وتصغير. ومشرحة لأجساد في العراء، لن تجد من يدفنها، عدا بقايا حطام إسمنت وحديد واستغاثات مكتومة، ومشرحة للكتب التي هجرها أصحابها، من دون أن يتمكّنوا من إلقاء نظرة وداع أخيرة على الأرواح الهائمة بين السطور، تتخبّط في لزوجة الحبر من دون مُنقذ.

***

كانت ممرّات مكاتب الموقع تضجّ بالحركة والوجوه الجديدة، فقد اعتاد رئيس التحرير تغييرَ طاقم المتدرّبين والمتدرّبات كلّ ثلاثة أشهر، قبل أن يقوم بعمليّة تصفية نهائيّة، وفقًا لدرجة استجابة المتدرّبة لتحرّشاته، أو صدّه مباشرة، وموافقة المتدرّب أو رفضه كتابة افتتاحيّة يوقّعها باسم رئيس التحرير، كما سيبتكر طريقة جديدة لاستدراج الطرائد الضالّة إلى مصيدته، بإضافة محطّة على اليوتيوب

باسم الموقع. هكذا تماثلت الوجوه والمؤخّرات بين الطبقة الثامنة والطبقة التاسعة في المبنى، بهويّات جديدة، لا تتطابق مع الأصل، وكنتُ النعامة التي تدفن رأسها في الرمل، لا الباشق بجناحيه، يحلّق عاليًا، مبرّرًا هزائمي بضرورة الانحناء، ريثما تعبر الرياح الهوجاء التي تعصف بالبلاد، ففي أوقات الفوضى، عليك التزام الصمت، والاكتفاء بمراقبة الحملان، وهي تستبدل أظلافها بمخالب الوحوش. كنتُ منهمكًا بتصحيح مقالة رأي لأحد جهابذة الموقع، حين رنّ هاتفي المحمول. أخبرتني رهام بأنّها ستنتظرني في كافتيريا جوليا دومنا على أوتوستراد المزّة، بعد انتهاء دوامها في مكتب للترجمة، كانت قد التحقت للعمل فيه أخيرًا. لديَّ نحو ساعة لتصحيح موادّ الموقع، قبل الالتحاق بالموعد، أكملت قراءة المقالة بضجر، فقد كان صاحبها يدعو إلى ضرورة تغيير أسماء شوارع وساحات وحدائق عامّة بأسماء شخصيّات معاصرة، ومحو أثر الغزاة الذين يمثّلون عهودًا بائدة، لم تجلب سوى الدمار والخراب والعصبيّة البدويّة إلى الهويّة المحلّيّة، تلك التي تمتدّ بجذورها إلى نحو عشرة قرون. ولكن، ما مصير ابن سينا، والمتنبّي، والجاحظ، وابن عربي، والسهرورديّ، والبحتريّ، والفارابي، وآخرين، أولئك الذين يتقاسمون أسماء جادّات وشوارع وحدائق المدينة، وكيف سيتدبّرون أمورهم بعد نفيهم من الأمكنة التي اعتادوها، منذ نحو قرنٍ مضى؟ بدا لي هذا الاقتراح أنّه يتعلّق بتغيير عناوين وأرقام دليل الهاتف، أو بحملة للقاح الجدريّ لا أكثر، وذلك بإخضاع جسد المدينة لعمليّة جراحيّة، من دون تخدير: بتر جزء من تاريخها بمشرطٍ حادّ تقبض عليه يد خرقاء، بما يتوافق مع أهواء اللحظة، وطلس أسوارها بأصباغ مغشوشة لإخفاء طبقات العفن المتراكمة، بقوّة دمغة الخوذة والعمامة، والزواج العرفيّ بينهما. لكنّ ما فاجأني وأفزعني من بين ركام موادّ الموقع، ذلك اليوم، ما

كتبته متدرّبة على لسان إحدى الهاربات من جحيم مدينة الرقّة التي حوّلتها حمم الطائرات المعادية، وسيوف البرابرة، حطامَ مدينة مهجورة ومنسيّة «تمكّنّا بعد حصارٍ طويل، من عبور حقل الألغام بالمشي على أشلاء الذين انفجرت بهم الألغام قبلنا، وهم يحاولون الهرب». اجتزتُ المسافة نحو كافتيريا جوليا دومنا بخطوات عجلى، من دون أن يفارقني مشهد أشلاء القتلى في حقل الألغام، كنت أقفز فوق الجثث مثل لاعب سيرك، متحاشيًا أدنى أنواع الخطإ، إلى أن لمحتُ رهام من وراء زجاج الكافتيريا. كانت تجلس إلى طاولة محاذية للرصيف، وهي تعبث بهاتفها الخليويّ، فاتّجهتُ نحوها مضطربًا، عانقتها بحرارة، كأنّها آخر الناجين من المذبحة. استغربتْ مزاج قلب الطائر الذي كان ينبض بين أضلاعي، ولهفتي في الاطمئنان عليها، إلّا أنّ بريق خيط التركواز كان ينطفئ تدرّجًا أمام الوقائع التي رويتها لها: زيارتي مستودعَ الكتب المنهوبة، كتاب القدّيس يوحنّا قلب الذهب، قنوط التماثيل الحجر في الحانة، دوران الغسّالة الكهربائيّة في رأسي، والأشلاء الممزّقة في حقل الألغام.

قالت وهي تنهي قهوتها: «لا مناص. كان لا بدَّ أن تصبغ ريش الطائر الأبيض بريش غراب».

كان الجوّ سديميًّا في الخارج، برائحة زنخ بيض نيئ، وكانت رهام قد سبقتني بخطوات، وقد تبدّل مزاجها تمامًا، حاولت تهدئتها بسؤالها عن عملها في مكتب الترجمة، فأجابت باقتضاب «لا بأس». مشينا بصمت مسافة طويلة، قبل أن تلتفت نحوي وتقول: «هناك ألغاز لم أتمكّن من فهمها في المكتب»، ثمّ أضافت: «وثائق غامضة، وإحصاءات، وتقارير عن منظّمات حقوق الإنسان، والمواقع الأثريّة، والمخطوطات الدينيّة النادرة» سألتها: وماذا تنوين فعله؟ أجابت: أنا مجرّد مترجمة. علّقتُ: وأنا مجرّد مدقّق لغويّ. كنّا قد عبرنا سور دار

الأوبرا، وبسبب الحواجز الكونكريتيّة المحاذية للرصيف، اضطررنا إلى أن نمشي فرادى في المسافة المتبقّية نحو رصيف المتحف. في برهة قصيرة، تهيّأ لي أنّ ثور السرحان الأوّل يحلّق فوق الساحة، يتخبّط في الهواء، ثمّ يتلاشى بين الغيوم، قبل أن ألتفت إلى حركة مؤخّرة رهام التي كانت تسبقني بخطوات قليلة متوتّرة، وحين حاذيتها تمامًا، قلت لها برصانة: لديك مؤخّرة بلا أخطاء مطبعيّة. فأجابت بالنبرة نفسها: هذه ترجمة ركيكة في وصف الرغبة.

34

اختار هشام البارودي كتابًا عن حياة ابن رشد وفلسفته لإعادة طباعته، مطمئنًّا إلى أنّ النسخة التي غنمها من مستودع الكتب، نسخة نادرة تعود إلى مطلع القرن المنصرم، وتاليًا لن يقاضيه ورثة محتملون في حقوق الملكيّة الفكريّة، ولن ينافسه ناشر آخر على قرصنة الكتاب. وبمكر الباعة الجوّالين، شرح لي سبب اختياره هذا الكتاب وتوقيت طباعته: هناك نوعان من القرّاء لهذا الكتاب. سيتلقّفه النوع الأوّل بوصفه كتابًا عن فيلسوف عقلانيّ عظيم، من أوائل الذين دعوا إلى العلمانيّة، وسيفتّش عنه النوع الثاني باعتباره فيلسوفًا ملحدًا وزنديقًا، وربّما سيثير هؤلاء زوبعة ما بقصد تكفيره، وهذا ما يصبُّ في مصلحة تسويق الكتاب، أمّا نحن كدار نشر فسنكسب من النوعين معًا، ما رأيك؟ هززت رأسي موافقًا. أضاف متحمّسًا: سأرسله الآن إلى قسم التنضيد، ولن أوصيك بتدقيق الأخطاء المطبعيّة. بالمناسبة: هل أنهيت تصحيح كتاب «الحيوان»؟ أجبته: ستكون البروفة الأخيرة على مكتبك الليلة، ثمّ انسحبتُ إلى مكتبي. كنت في الصفحات الأخيرة من كتاب الجاحظ، وهي مخصّصة لطرائق سفاد بعض الحيوانات، وتسافد الأجناس المختلفة، إذ تُسمح الضبع للذئب، والثعلب للهرّة،

والطير لأجناس الحمام، والفرس للبغل. وجدتُ نفسي أمام هويّات تناسليّة هجينة بدمغة الظِّلف والحافر والمخلب والخُفّ، ثمّ أضفتُ القدم الآدميّة إلى القائمة، فما إن خرجت من المكتب إلى الشارع، واختلطتُ بالحشود الهائمة على وجوهها، فوق الأرصفة المزدحمة بالأقدام وأصوات الباعة وأبواق السيّارات، حتّى انتابني إحساس بأنّ كائنات منها تمشي بحوافر، وأخرى بأظلاف، وثالثة بمخالب، في عراكها الجنونيّ مع أسباب العيش. كائنات هلاميّة تخرج كلّ يوم من أنفاقها ومغاورها وكهوفها وقبورها، طلبًا للنجاة الموقّتة من فكاهة الموت. كنتُ بمزاج تمثال حجر محمول على عجلات معطّلة، ربّما بتأثير عبوري بالقرب من نُصب يوسف العظمة في ساحة الفردوس، التمثال الذي خضع لتعديلات جذريّة بإزميل نحّات مجهول، استبدلَ صورة المحارب بسيفه الممشوق عاليًا في الفضاء، بمحارب يضع سيفه جانبًا، بنظرة حائرة ومنكسرة، وسأكمل طريقي إلى حانة الأصدقاء بالمزاج نفسه. بدت أشكالهم الحجر أكثر كآبة، كما لو أنّهم شاهدات قبور بأسماء وتواريخ ممحوّة، يغطّيها الغبار والنسيان. موتى أحياء يبتكرون أجنحة دِيَكَة للطيران عاليًا، ثمّ يتخبّطون بأجنحتهم أرضًا مستسلمين لغيبوبة العَرَق البلديّ والشهوات المجهضة لمتسكّعات الوسط الثقافيّ المحبطات. لحظة دخولي الحانة، كان أحد التماثيل الذي على هيئة كركدنّ أعمى يستعيد تاريخه الحزبيّ، من دون أن ينصت إليه أحد، فقد ضجر الآخرون من تكرار السيرة نفسها، ولكن بسرديّات مختلفة تخضع للإضافة والمحو، وفقًا لجهة الريح وارتفاع أو انخفاض مستوى الزهايمر: خلائط غير متجانسة، ومواقف لا تنقصها البسالة، في اللحظات الحرجة، يستدعي خلالها ماركس، وزكي الأرسوزي، وياسين الحافظ، وأنطون سعادة، وجنرالات بأوسمة ونياشين، إلى أن غرقوا جميعًا بطبق السَّلَطة الذي وضعه الجرسون

على الطاولة للتوّ، مزيّنًا بشرائح الليمون والثّوم والبصل وشطرٍ من بحر الرمل: فاعلاتن فاعلاتن فاعلاتن، ثمّ: «أَيُّها الساقي إِلَيكَ المُشتَكى». اكتفيت بالصمت، وتأمّل وجوه الموتى الأحياء، واستنشاق الروائح، إذ لم أجد فرصة واحدة لإتمام فكرة ما، فلا مكان هنا للجاحظ، أو ابن رشد، أو رهام.

كانت الأصوات تتداخل، وتتشابك، وتتعارك مثل أمعاء ضخمة في جسم زرافة، إلى أن تنطفئ في منتصف الليل، موعد إغلاق الحانة. خرجت متعثّرًا إلى شوارع شبه خالية، عدا جنود حواجز أمنيّة شبه نائمين، وعمّال تنظيفات بمكانس طويلة يجمعون قمامة الآخرين بموسيقى فوضويّة تثيرها علب الكولا الفارغة، وهي تتدحرج بعيدًا. ولكن، من يجمع كناسة الحانة من فائض الحكي؟ كنت أخاطب نفسي، وأنا أتخيّل أطنانًا من الكلام تهرسها عربة القمامة بين مسنّناتها الضخمة، إلى أن تتحوّل رمادًا تحت أنياب المحرقة، من دون أن أنتبه إلى اختفاء تمثال طين يدعى غاندي كاز، كان يمشي إلى جانبي صامتًا، فقد ابتلعه فجأة جوف سينما الأهرام، أو كما أسماه «المقرّ الموقّت لأنصار فرويد». السينما التي اكتفت بعروض متواصلة لأفلام قديمة، تتسلّل إليها مشاهد من أفلام ممنوعة لهواة النوع، طوّرت ورديّات عملها بتأجير مقاعدها للمتسكّعين والغرباء والعشّاق الطارئين والجنود، بأجور مخفّضة، مقارنة بأجور الفنادق الشعبيّة. هكذا وجد هؤلاء ملاذًا موقّتًا لتصريف حاجات الجسد بملامسات حسّيّة تتفاوت في قوّتها وتأثيرها، بحسب موقع الحجز وخصوصيّته، ذلك أنّ حجز كرسيّين في البلكون يتطلّب أجرًا مضاعفًا مرّتين، بصرف النظر عمّا تعرضه الشاشة من أشرطة متهالكة. كان غاندي كاز الذي فقد بيته في ضاحية جوبر إثر اشتداد المعارك بين وحدات من الجيش والمسلّحين، قد لجأ إلى هذه السينما بمشورة

صديق قديم يعمل حارسًا في الصالة، كحلّ موقّت، ثمّ اعتاد هذا المكان العجائبيّ، بغياب الحلول الأخرى، مبرّرًا مثل هذه القيلولات الليليّة الاضطراريّة، بكتابة رواية عن عالم لا أحد يعرف أسراره من الداخل سواه، لكنّه لم ينجز فصلًا واحدًا منها، مكتفيًا بسرديّات شفويّة يرويها في الحانة عن هذه الكائنات التائهة في سرداب العتمة واللذّة الطارئة والشهقات المكبوتة.

لم تشغلني واجهة سينما الأهرام يومًا. كنت أعبر الرصيف المحاذي لها بلا اكتراث، إلى أن لفتني غاندي كاز إلى ذلك الصخب السرّيّ الذي يحدث يوميًا، بين جدرانها المعتمة، وإلى تفاصيل المعارك الضارية بين الأجساد العمياء، واحتجاجات الغرباء المتعبين الذين لجأوا إلى الصالة لاقتناص ساعات محدودة من النوم. كان شبّاك التذاكر مغلقًا بقضبان معدن، فيما كانت ملصقات أفلام الثمانينيّات والتسعينيّات تتوزّع الجدران والواجهة الزجاج، كما أحالت الأمطار اللافتة القماش في أعلى المدخل بقايا خطوط باهتة لا تُقرأ. وسأفهم لاحقًا أنّ ما كتبه أحد محرّري الموقع الإلكترونيّ تحت عنوان «صالات سينما أم أماكن للرذيلة» كان يقصد به هذه الصالة وسواها، بعد انتشار هذه الظاهرة في أكثر من سينما في العاصمة.

حين رويت لرهام وقائع ما يحدث في عتمة هذه الصالة من رذائل، مستنكرًا مستوى الانحطاط الذي أصاب طبائع البشر وسلوكاتهم، قاطعتني على الفور باحتجاجٍ مضادّ، وأبدت حماسة عالية لزيارة هذه المكان السحريّ من دون تأخير، والانضمام إلى مناصري فرويد بلا تردّد، وأن نعيش هذه المغامرة، أقلّه مرّة واحدة، ثمّ هتفت، وهي تفكّ أزرار قميصها: يحيا فرويد!

35

كان أبو عثمان الجاحظ يتوارى خلف عباءة ابن رشد، صفحةً وراء صفحة، إلى أن غاب في متاهة المكتبة، مطمئنًا إلى خلوّ كتابه من الأغلاط المطبعيّة. طويت بروفة كتاب «الحيوان» ووضعته جانبًا كذكرى سعيدة، فقد تعلّمت من صاحبه، طوال أسابيع متتالية، فضائل كثيرة في البلاغة، وقيمة العقل، والمعرفة. وكانت رهام تتخبّط في خرائطها الإيروتيكيّة في الترجمة، والحفر في تضاريس البهجة، وكنتُ تائهًا في غبش المرآة، أتأمّل جرحًا أحدثته شفرة الحلاقة أسفل ذقني. خيط أحمر يمتزج بالرغوة البيضاء، يشبه طريقًا جبليّة كان يجتازها تابوت ابن رشد من مراكش إلى قرطبة، وقد «وُضع الجثمان على الدابّة في جهةٍ، وفي الجهة الأخرى كُتب الفيلسوف ليستقيم الحمل»، وفقًا لرواية ابن عربيّ.

قلتُ لنفسي، وأنا أتمم حلاقة ذقني، إنّها رحلة نفي العقل التي لم تتوقّف يومًا: انطفاء الفكرة في الشرق، واشتعالها في الجهة الأخرى من العالم. التنكيل بالعقل وإطلاق سراح البغضاء والكراهية والحقد. كان مشهد الدابّة التي تحمل جثمان ابن رشد من جهة، و«تآليفه» من الجهة الأخرى، يختصر كلّ ما أعقبه من هزائم ونكبات ومحن:

الدوابّ وحدها تعبر الشعاب الجبليّة، محمّلة بالأسلحة والمخدرات والفتاوى، بعد أن أُحرقت الكتب النفيسة والمخطوطات التي كُتبت بماء الذهب، لكنّني سأقعُ على بريق ضوء في هذا النفق المعتم، فخلال مراجعتي سيرة ابن رشد، التقيت تلاميذ له كانوا منهمكين بنسخ مخطوطات معلّمهم التي نجت من المحرقة، وتهريب نسخٍ منها إلى بغداد والقاهرة ودمشق. ولكن مهلًا، أين اختفت مخطوطات ابن رشد التي وصلت إلى دمشق قبل خمسة قرون، وهل هُرِّبَت لاحقًا إلى إسطنبول، أم دسّها رحّالة أوروبيّ بين حاجاته أثناء زيارته المدينة، أم تعرّضت للتلف بسبب الإهمال؟ كنت أقرأ نسخة هجينة من «فصل المقال في ما بين الحكمة والشريعة من الاتّصال»، بغياب اسم المحقّق عن الكتاب، وسنة الطباعة، فدمغة المطبعة الشاميّة المذيّلة في أسفل الغلاف الأوّل لا تشير في الصفحات الداخليّة إلى عنوان واضح، كأنّ لعنةً قديمة ما زالت تطارد ابن رشد من القرن الثاني عشر إلى اليوم، بمحو عبارة هنا، وإضافة عبارة هناك، للتوفيق بين أفكاره الفلسفيّة التي تدعو إلى «النظر في الموجودات»، و«البرهان»، و«القياس» من جهةٍ، ومتطلّبات الشريعة من جهةٍ ثانية، فالحكمة، وفقًا لما يقوله هي «النظر في الأشياء بحسب ما تقتضيه طبيعة البرهان»، لكنّ هذه الأرجوحة القلقة للأفكار المتضادّة، كانت بحبال هشّة لم تصمد طويلًا أمام الريح العاصفة التي أثارها فقهاء البلاط ضدّه، وهم ينقّبون في كتبه عن أفكارٍ مارقة. لم يخطر في بال ابن رشد وهو يعبر الرواق الطويل نحو قصر الخليفة يعقوب المنصور الموحّديّ بأنّه سيواجه مكيدة محكمة نصبها له خصومه لدى الخليفة، ذلك أنّ قاضي قرطبة والطبيب الخاصّ للخليفة، كان يفكّر لحظتذاك باستدراك بعض الملاحظات على كتابه «الضروريّ في السياسة»، مسترشدًا بما كتبه أفلاطون في مدينته الفاضلة عن

الطغيان والاستبداد، وخطر حُكم الأسرة على الدولة، وتأصيل هويّة محلّيّة للحكم تفترق عن اقتراحات أفلاطون، وبمعنى آخر: تهجين ثمار السياسة بما تحتاج إليه من تربة صالحة وأسمدة. فكرة التهجين أتته أثناء عبوره الرواق الطويل نحو قصر الخليفة، واستنشاقه روائح مختلطة كانت تهبُّ من أزهار النباتات والأشجار المحاذية للرواق، حتّى أنّه مدّ يده إلى شجرة ليمون وقطف ورقة من غصنٍ مائل ودعكها بين يديه، ثمّ قرّبهما من أنفه، فأحسّ بانتعاش مفاجئ، مقرّرًا إعادة قراءة «كتاب الفلاحة» لمواطنه الأندلسيّ ابن البصّال، والمقارنة بين محراثي الفلاحة والسياسة، وكيفيّة جزّ الاعشاب الضارّة منهما كي تتنفّس التربة الهواء النظيف، لكنّ «أفيروس» بحسب اسمه باللاتينيّة، لم يهنأ بهذه الغبطة أكثر من دقائق، فما إن حيّا الخليفة، واتّخذ مكانه في المجلس، واستعرض الوجوه المكفهرّة، حتّى شعر بالاختناق، وأدرك أنّ الأمور ليست على ما يرام، وأنّ الابن لا يشبه أباه في الحكمة والعقلانيّة وسعة الصدر، مذ أسّس كتيبة «الصالحين المتبتّلين»، وهي كتيبة متعصّبة دينيًا، تشكّل نوعًا من الحرس الشخصيّ للخليفة، اشتهرت بالبطش والعنف وإثارة الفزع. كان الفرمان الذي قرأه كاتب ديوان الرسائل ينطوي على اتّهامٍ صريح لابن رشد بالإلحاد والزندقة باعتباره واحدًا من أولئك الذين «ألّفوا كتبًا بعيدة من الشريعة، يوهمون بأنّ العقل ميزانها والحقّ برهانها، فضُبِطَت لهم كتابات مسطورة بالضلال، ظاهرها موشّح بكتاب الله، وباطنها مُصَرِّح بالإعراض عن الله، لُبِّسَ منها الإيمان بالظلم، فنبذناهم في الله نبذ النواة وأقصيناهم حيث يقصى السفهاء من الغواة». كان ابن رشد ينصت إلى بيان الخليفة مذهولًا ممّا سمعه، فهو لم يتوقّع مثل هذا الانقلاب ضدّه، وحين انتهى كاتب الرسائل من قراءة البيان، نظر ابن رشد نحو الخليفة، قائلًا: «اسمع يا أخي»،

وهي العبارة التي كان يخاطبه بها على الدوام، لكنّ الخليفة زجره مباشرة «لستَ أخي، ولستُ أخاك»، ثمّ أمر بحرق كتب ابن رشد، ونفيه إلى بلدة صغيرة تدعى «إليسانة» تقطنها أكثريّة يهوديّة. أحسّ الرجل السبعينيّ، وهو يهمّ بمغادرة المجلس بوهنٍ مفاجئ في ركبتيه، لكنّه تمكّن من النهوض بصعوبة، وهو يفكّر في مصير مخطوطاته التي ستلتهمها النار بعد قليل، وحين وصل إلى منزله، كانت جماعة من الصالحين المتبتّلين قد سبقته إلى هناك لمصادرة كتبه وأوراقه الملعونة. لم يمكث ابن رشد طويلًا في إليسانة، خشية أن يتعرّض إلى نكبةٍ أخرى، فغادرها إلى مراكش، بعيدًا من أعين عسس الخليفة من الفقهاء المتشدّدين. وحين أحسَّ بدنوّ أجله أوصى بأن يُدفن في قرطبة. أثارت انتباهي حاشية في البيان، تتجاوز تكفير ابن رشد إلى معاقبة من يقرأ أو يحوز كتبه، فقد أراد الخليفة أو من أوغر صدره أن يدفن ابن رشد حيًّا، هو وأتباعه وتلاميذه ومخطوطاته، وكلّ ما يتعلّق بفلسفته الشيطانيّة. في أواخر السنوات الخمس التي أعقبت تلك المحنة، أدرك الخليفة يعقوب المنصور الخطأ الذي ارتكبه بحقّ هذا الفقيه والفيلسوف، إذ خلا مجلسه من الجدل الخلّاق والنقاشات العميقة والأفكار المشعّة التي لم تتوفّر لدى حفنة من الفقهاء المنافقين الذين كانوا يباركون بطشه بفتاوى يفصّلونها على مقاس طغيانه، وقد حضرته عبارة بليغة قالها ابن رشد يومًا «اللحية لا تصنع الفيلسوف». كان اعتذارًا متأخّرًا، فحين قرّر الخليفة العفو عن ابن رشد، لم يكن يعلم بخبر موته منذ أشهر، لانشغاله بحروبٍ مع خصومه، فأمر بإخراج الجثمان من المقبرة المراكشيّة، ودفنه في قرطبة تنفيذًا لوصيّة الفيلسوف الراحل، لكنّ الجثمان الذي حملته الدابّة شمالًا، كان جثمان «أفيروس» وليس جثمان ابن رشد. هكذا انتسب أفيروس إلى شجرة معرفة كونيّة ألقت بظلالها على عصر

التنوير في أوروبا التي كانت تنوء تحت ثقل ظلام القرون الوسطى، فيما سيعتني الشرق المحزون بفتاوى ابن تيمية وأتباعه بوصفها هويّةً مضادّة قابلة للعيش قرنًا وراء آخر، من دون عقبات.

كانت الساعة تقارب الثامنة ليلًا، حين سمعت وقع حذاء رهام على درج المكتب، بكلّ صخبها وفوضاها. انحنت نحوي بعناق محموم، ثمّ ألقت نظرة على شاشة كمبيوتري المفتوح، فقالت محتجّة: «ابن رشد! يخيّل إليّ أنّك حارس موتى، هذا المكتب يشبه مقبرة، دعنا نخرج من هنا، لا أحتمل هذا الصمت». أغلقتُ جهاز الكمبيوتر، ثمّ جمعت فوضى البروفة الورق من الكتاب، ووضعتها في درج المكتب. كنتُ قد وعدتُ رهام بأن نذهب سويّة إلى حانة الأصدقاء لتتعرّف عن كثب إلى جماعة التماثيل الحجر، وطقوس الغيبوبة اليوميّة في هذا النفق الذي كان يومًا ما، مستودعًا للخردة. انحدرنا من شارع البريد نحو ساحة جسر فيكتوريا، بخطوات متعرِّجة، نظرًا إلى ازدحام الأرصفة ببسطات مرتجلة، وأماكن للمتسوّلين، وحواجز كونكريتيّة. قلت لرهام، وأنا أنظر إلى الأضواء البعيدة في جبل قاسيون «نحن في مقبرة حقًّا. هناك في أعلى الجبل ضريح ابن عربي، وخلفنا على بعد مئتي متر ضريح ابن تيمية، لا مكان لابن رشد بينهما». نظرت نحوي بعتب، ثمّ تأبّطت ذراعي، وقالت: «معلومات قيّمة من حفّار قبور أصيل». عند الرصيف المتاخم للحانة، وقفت رهام أمام واجهة استديو تصوير متهالكة، يغطّي زجاجها الغبار، تتأمّل صورًا بالأبيض والأسود، وأخرى ملوّنة يدويًّا لأشخاص في وضعيّات تعود إلى مزاج حقبة السبعينيّات من القرن المنصرم، ثمّ قالت متهكّمة: «لا أشكّ في أنّ أصحاب هذه الصور يرقدون الآن، في مقبرةٍ ما، ما رأيك بنبش قبورهم؟». دلفنا إلى النفق الذي يقود إلى الحانة، فهبّت رائحة عفونة ممتزجة برائحة تبغ ونشادر وكحول، لكنّ رهام لم

تتأفّف، كما كنت متوقّعًا. على العكس تمامًا، فقد كانت متحمّسة لخوض مثل هذه المغامرة مع هؤلاء الغجر المتسكّعين. أطبق الصمت ثوانيَ على التماثيل الحجر، وهم يتأمّلون هذه الغزالة التي لا تشبه فصيلة الفقمات اللاتي يتردّدن على الحانة بصفة شاعرات ورسّامات وناشطات في الحقل النسويّ. اطمأننت لغياب روائيّة مطلّقة حديثًا، كانت تطاردني من أجل قراءة مخطوط روايتها الأولى لتدقيقه لغويًّا وطوبوغرافيًّا. استعاد جلساء الطاولة صخبهم تدرّجًا، وحاول غاندي كاز لفت انتباه رهام بنكات ومفارقات وأشعار عامّيّة، كان يردّدها على الـدوام، كأنّه يرويها أوّل مـرّة، ثمّ أعلن أنّـه أنجز الفصل الأوّل من روايته المزعومة «المقرّ الموقّت لأنصار فرويد». أبـدت رهام اهتمامًا كبيرًا بقراءة ما كتب، فوعدها بإحضار ما كتبه قريبًا. كانت مجموعة التماثيل الحجر ترمّم بإزميل حـادّ ما ينقص الحكاية في نسختها الأخيرة، كأنّ وقائع الرواية تخصّهم جميعًا، بمقاطعة غاندي كاز عند مفصلٍ ما، يتعلّق بأفعال إحدى الشخصيّات، نسي أن يرويه، فيهزّ رأسه موافقًا، ويستعيد المشهد المحذوف سهوًا، بزخرفة أكثر تشويقًا، كإضافة صرخة مجنونة أطلقتها إحداهنّ لحظة الرعشة، أو اختلاف طبقات الصوت ما بين النهار والليل في وصف مراتب اللذّة، أو المشية العرجاء لصبيّ اخترق أحدهم مؤخّرته بمكيدة ما قادته إلى هذا الماخور السرّيّ. كان غاندي كاز يتّخذ هيئة الخبير في تشريح العالم السفليّ وسراديبه السرّيّة، أكثر منه روائيًّا مؤجّلًا، على الأرجح بسبب خيانات اللغة والمجاز وقلّة الحيلة، كمن يمتلك كنزًا مدفونًا، لكنّه يفتقد الخرائط التي تقود إلى مكانه، مكتفيًا بملاط شفويّ في ترميم الجدران المائلة للحكاية المتخيّلة.

36

كانت رهام مأخوذة بالحكايات التي رواها غاندي كاز في الحانة، وطريقته في سرد الوقائع، إلى الدرجة التي أبدت رغبتها في زيارة صالة السينما المهجورة لمعاينة ما يحصل في كواليسها عن كثب، ولاكتشاف طراز آخر من المتعة السرّيّة، وعندما استهجنتُ رغبتها في خوض مثل هذه المغامرة، انكفأتُ إلى تأليف سيناريوات متخيّلة في بناء الرواية التي ينوي غاندي كاز كتابتها، ورغم قناعتي بفشل المحاولة إلّا أنّني كنت أنصت إلى مقترحاتها مرغمًا، في ذهابها وإيابها بين المطبخ والصالة، أثناء تحضيرها عشاءً متأخّرًا، فيما كنت أفكّر فعليًّا في المصير المحزن الذي انتهى إليه ابن رشد في إليسانة كبائع خيول وفخّاريّات، بدلًا من إتمام عمله على شرح فلسفة أرسطو، أو الردّ على هرطقات أبي حامد الغزالي. كانت إحدى اقتراحات رهام أن يكون الراوي في موقع العدسة، يتلصّص على المشاهد الحيّة في الصالة، بالتناوب مع المَشاهد التي يعرضها الشريط على الشاشة «شخصيّات تعيش حيواتها المتأجّجة، من دون أقنعة أو مساحيق، كما لو أنّنا إزاء شريط وثائقيّ التقطه أحدهم سرًّا». سأنساق وراء تخيّلاتها، وأضيف وقائع أخرى أكثر عبثيّة: يتلصّص عاشقان على عاشقين آخرين بالجوار

لزيادة جرعة الرغبة، في متوالية لانهائيّة من اللذّة، أو بكتابةِ نصٍّ على نصٍّ آخر، كما كان يفعل رواة حكايات أسلافي، في المحو والإضافة، وهذا ما كان يفعله غاندي كاز عمليًا، باستبعاد شهواته الشخصيّة في قيلولات الظهيرة عمّا كان يرويه في الحانة، مكتفيًا بحكايات الآخرين، وتاليًا، فهو لن يغادر منطقة الحكي الشفويّ نحو المكتوب، ما لم يدوّن اعترافاته الشخصيّة بمكاشفات صريحة.

– المشكلة يا رهام في الراوي وليست في الحكاية.

– ولكنّنا لم نقرأ الفصل الذي كتبه بعد، قالت رهام.

ابتسمتُ هازئًا، لمعرفتي بأنّ متسكّعي الثقافة الهامشيّين يعيشون حيواتهم بنهمٍ، لأنّهم لا يستطيعون كتابتها، ثمّ غادرتُ الصالة إلى غرفة النوم متذرّعًا بالإرهاق، بعد يوم عمل طويل. كنت على قناعة بأنّ رهام لن تستسلم لمثل هذه الخدعة، فما إن أطفأت النور في الغرفة حتّى لحقتْ بي، واندستْ إلى جانبي في السرير. بملامسات عمياء اكتشفتُ أنّها عارية تمامًا. التصقت بي، كأنّ أحدًا يطاردها في العتمة. لهاث. لهاث. لهاث. كنّا نصعد الدرج إلى البلكون، نتأمّل ملصقات أفلام قديمة، قبل أن نجتاز ممرًّا بين صفّي المقاعد المتهالكة في صالة السينما، إلى أن وجدنا مكانًا خاليًا ومنزويًا في ركنٍ بعيد من الصالة. أحطتها بذراعي، وأدرت وجهها نحوي بقبلات محمومة، فيما كانت يدي تجوس نهديها، وبأنفاس مقطوعة ابتعدتُ منها ملتصقًا بالحائط. ألقت رأسها فوق صدري، ثمّ ذهبنا في غيبوبة لذّة أخرى.

في العتمة أيضًا، كانت رهام تفتّش عن القلم البنفسجيّ، وقد أوقعت أغراضًا مختلفة عن الكوميدينو المجاور للسرير: منفضة سجائر، ولّاعة، وصوت ارتطام كتاب، كي تدوّن التاريخ على الحائط. في صباح اليوم التالي، وكان يوم عطلتها الأسبوعيّة، وقفتْ أمام

الحائط كي تتأكّد من صحّة التاريخ. كان خطّها مضطربًا ومتعرّجًا، وقد غطّى تواريخ سابقة واختلط بها، ما أفسدَ بعض الأرقام، في شجرة النسب. التفتت نحوي بنظرة ثعلب جائع، وقالت: «نعيد كتابته مرّة أخرى». كنت على وشك الذهاب إلى العمل، عانقتها عند الباب، وقلت: «تاريخ الجسد يُكتب مرّة واحدة، أما ما يليه فهو نُسَخ بتواقيع مزوّرة، ونزوات عابرة».

37

كارثة وراء كارثة، وفضيحة إثر أخرى. كانت صورة الموقع الإلكترونيّ تتشكّل في داخلي، على هيئة «مسلخ لغويّ»: سكاكين مثلّمة تحفر عظام اللغة المحنّطة، وكلمات معلّقة بكلّابات صدئة منذ قرن، كما لو أنّها مكتوبة على شاهدة قبر مجهول. لا أقصد هنا فداحة الأخطاء اللغويّة في المقالات والأخبار والتقارير فقط، إنّما في تلك الانتهاكات المعلنة للحقائق، وتزوير الوقائع في وضح النهار، وإكساء الأكاذيب عباءات مطرّزة بالبلاغة الجوفاء، وقبل ذلك كله، التجاهل المطبق لفضائح فساد كبرى تتداولها مواقع التواصل الاجتماعيّ كلّ يوم تقريبًا. كانت «لا» النافية، هي الأداة الأكثر استعمالًا في مواجهة ما كان يُنشر في مواقع أخرى، فما إن أقع على عبارة «نفى مصدر مسؤول صحّة ما تداوله بعض مواقع التواصل الاجتماعيّ مؤخّرًا، من أنباء، وأكد أنّها محض شائعات كاذبة» حتّى أتأكّد من صحّة الخبر لا نفيه، خصوصًا تلك الأخبار التي تتعلّق بفضائح المافيات التي كانت تتوالد بكثرة، كما في حظيرة للخنازير. كائنات تكنس كلّ ما تجده في طريقها، بقوّة أختام رسميّة، أو بأوامر شفويّة، أو بتهديدات غامضة، تتجاوز ما كان يفعله الضابط كاف وسرحان الهلاليّ بمسافة مئة فرسخ.

كنتُ أتخيّل هذه الكائنات على هيئة خنازير حقًّا، أفكُّ ربطة عنق رئيس التحرير، وألصقها في مؤخّرته، كما لو أنّها ذيل طويل يجرّه خلفه، وهو يقوم بجولته في الممرّات ومكاتب التحرير، وأتساءل كيف تحوّل هذا الخنوص بأظلافه المشقوقة خنزيرًا سمينًا بمثل هذه السرعة، وبمثل هذا الشبق؟ أجلسُ في مكانٍ بعيدٍ من كرسيّه أثناء الاجتماعات الدوريّة للموقع خشية أن ينقل إليّ فيروسًا معديًا، لعلمي أنّ الخنزير يحمل 27 مرضًا وبائيًّا، ويلتهم كلّ ما يصادفه أمامه من قاذورات، حتّى أنّه – في نهاية المطاف – لا يوفّر فضلاته.

أشمُّ رائحة غائط تهبُّ من أنفاسه، وهو يرتكب أكثر الادّعاءات فظاظة، في تفسير ما نحن فيه من «رفعة وسؤدد»، فيما يغرق الآخرون في مستنقع الخِزي والعار. ولكن مهلًا: لماذا ترتبط هاتان الكلمتان في نسيجٍ واحد على الدوام، أقصد الخِزي والعار، رغم اختلاف المعنى بينهما؟ فالشعور بالمهانة في ما يخصّ الخِزي، ليس بالضرورة أن يقع في مرتبة «السلوك المشين» كما هو للعار، بحسب تفسير المعاجم، ذلك أنّ رئيس التحرير نفسه لا يشعر بالمهانة، رغم سلوكه المشين وحماقاته التي لا تنتهي، سواء في افتتاحيّاته الهزليّة، أم في الفظائع اللغويّة التي يرتكبها في مسوّداته، قبل أن تخضع لعمليّات تجريف متعاقبة كي تتّخذ شكلًا مستساغًا إلى حدّ ما. على أنّ فكرة العار ستكتمل بقراره تسجيل حديث أسبوعيّ مصوَّر وبثّه على اليوتيوب، القرار الذي امتدحه أعضاء هيئة تحرير الموقع باعتباره ضربة مُعلّم. توقّف المصعد بي، في الطبقة الثامنة، فانحشرتْ فقمة بمؤخّرة ضخمة، وأنف بلصاقة بيضاء، وشفتين متورّمتين، كانت خارجة من العيادة التجميليّة الشاملة للتوّ. راقبتُ هذه الكتلة البشريّة السائلة بنظرة متفحّصة، وقد أدارت مؤخّرتها لي، فيما انهمكتْ هي في تأمّل نفسها في مرآة المصعد. أفسحتُ لها الطريق كي تخرج قبلي من

الباب الضيّق، وتبعتُ هذه السلحفاة المعدن بخطوات أبطإ لمعاينة المنظر عن كثب. كان سائق خصوصيّ ببزّة سوداء ينتظرها في الخارج، وقد فتح لها الباب الخلفي للسيّارة. مرّة أخرى، انحشرتْ في المقعد بصعوبة، وعلى مراحل، قبل أن يتدبّر سائقها الأمر، ثمّ يغلق الباب، وأظنُّ أنّها ألقت نظرة عدوانيّة نحوي، من وراء زجاج الباب، وربّما نظرة احتقار، فأدرتُ وجهي إلى الجهة الأخرى بانتظار حافلة عموميّة أو تاكسي تقلّني إلى حيّ البرامكة.

كان ابن رشد ينتظرني في المكتب، وقد خلع عمامته ووضعها على مشجب بالقرب من الباب. بدا قلقًا ممّا أصاب مخطوطاته من كدمات وطعنات وتشويه، فقد تأخّر طبعها في المكتبة العربيّة، حتّى القرن التاسع عشر، فيما تعرّض بعضها للتلف، كما ازداد يأسًا حين أعلمته بأنّ دار النشر لن تغامر بطباعة أكثر من ألف نسخة فقط، من «فصل المقال».

سألني متردّدًا، وهو يرتشف شايه بأصابع مرتجفة: «وهل يجري الأمر نفسه بالنسبة لمؤلّفين آخرين؟».

– من تقصد؟

– أبو حامد الغزالي مثلًا، أو ابن تيمية؟

– لا، أمثال هؤلاء، تتجاوز طباعة كتبهم آلاف النسخ سنويًّا، حتّى أنّهم يدخلون في قوائم الكتب الأكثر مبيعًا.

– هذا يعني أنّني بلا تلاميذ أو مريدين.

– ألا يكفي أنّ بلديّة المدينة أهدتك شارعًا باسمك؟

– ماذا أفعل بشارع مظلم لا يعبره أحد. تصوّر حتّى دانتي أرسلني إلى جحيمه.

– ليس شارعًا فقط، هناك مستشفى للأمراض النفسيّة باسمك، وكذلك شركة أدوية، ومدرسة.

أحسستُ بالظلمة في المكان، عدا شعاع ضوء شحيح، كان ينبعث من شاشة كمبيوتري، بينما كانت سطور الكتاب تتلاشى أمام عينيّ، كما لو أنّني أصبت فجأة بعمى ألوان، إلى درجة أنّني لم أنتبه إلى اختفاء عمامة ابن رشد عن المشجب.

38

لحظة صعودي الدرجات الأولى من سلّم البناية، شممتُ رائحة توابل إحدى وجبات رهام الأفروديتيّة. أعرف مقدار عنادها في مواجهة الفشل، سواء في المطبخ، أو في السرير، أو في الترجمة. واجهتني، وهي تسحبني من يدي نحو حائط الرغبات، بعبارة أضافتها إلى شجرة النسب، مقتبسة من كتاب «موجز تاريخ الأرداف» الذي قاربت على إنهاء ترجمته: «الغريزة وحدها ترشّد اليدين». هززتُ رأسي موافقًا، وقد أوقعتني في الحيرة لحظات، قبل أن أضمّها إلى صدري. كانت تجذبني نحوها بقوّة، ثمّ تدفعني خطوة إلى الوراء باتّجاه الباب، إلى أن تمكّنت من وضع إصبعها على مفتاح الكهرباء والضغط عليه، لنغرق في العتمة، كما لو أنّنا في الجحيم الشهوانيّ لصالة سينما الأهرام، وهذا ما كنتُ أتوقّعه بخصوص رهام أيضًا، فهي مُذ أنصتت لتلك الحكاية التي رواها غاندي كاز، وقعت تحت وطأة فوضى الأعضاء، كأنّ لعنة الشهوة المحرّمة قد التصقت بجلدينا، لكنّني لم أعترف لها بما كنت أفكّر فيه، أو أتخيّله، بينما كانت تسترشد بيديها موقع التضاريس التي توقظ عمل الغريزة. كنّا أعميين، يسترشدان ببصيرتهما مكمن بذرة اللذّة، وكيف تتفتّح على مهل، مثل زهرة نرجس، أو يرقة في طور تحوّلها فراشةً. كانت

رهام ترشد أصابعي في العتمة نحو مناطق كانت مهملة في جسدها، ووضعها في مهبّ موقد حطب، كما لم تفعل قبلًا. الآن فقط، أدركتُ ما كانت ترومه من ذلك الجنون العاطفيّ، أو تلك النزوات الطائشة: خشيتها من صواب فكرتي «تاريخ الجسد يُكتب مرّة واحدة، أما ما يليه فهو نُسَخ بتواقيع مزوّرة، ونزوات عابرة». على الأرجح، أرادت، من دون شروح فائضة، أن تثبت خطأ فكرتي، أقلّه بما يخصّ جسدها وحدها، في رحلته الشاقّة من ثقل العفّة الكاملة بتأثير التعاليم اللاهوتيّة الصارمة التي كبحت شهواتها طويلًا، وصولًا إلى تفتّح مساماته وخلاياه، بعيدًا من معنى الإثم، ورطوبة الأعضاء تحت أغطية الأسرّة الموحشة في دهاليز الأديرة التي عبرتها خلال حياتها، رغمًا عنها. الجسد في مخاضه العسير، وهو يعبر برزخ اللذّة بجناحين نورانيّين إلى نارٍ لا تنطفئ. فجأة انتفضت رهام وغادرت السرير، من دون أن تكتب شيئًا على الحائط.

– جسدي ملوّث، قالتها وهي تنسحب إلى الحمّام.

كان جسدي ملوّثًا بأجساد أخريات أيضًا، لكنّني، لم أجرؤ يومًا على الاعتراف أمامها، بأنّني كنت أستحضر خلائط تلك الأجساد، بنوع من الهمجيّة، والعراك معها، فوق الملاءة المبلّلة بالعرق والاستغاثات والصور، فتختلط التواريخ والروائح والندوب، الأسماء والذكريات واللهاث، كأنّ ما كتبته رهام من تواريخ نهائيّة للغريزة والشغف والعشق، مجرّد مسوّدة قابلة للمحو والنسيان، أو وصفة لعلاج موقّت من موتٍ مؤجّل. كان شعرها القصير مبلّلًا، وقد غطّت جسدها العاري بمنشفة. لمحتها من زجاج باب الشرفة، قبل أن ترتدي ثيابها، وتلتحق بي. أكملتُ تدخين سيجارتي، وأنا أتأمّل الأضواء المتناثرة فوق جبل قاسيون. أشرت إلى الجبل قائلًا: هناك يرقد محيي الدين بن عربي، يتوسّد عبارته المشهورة «الحبّ موت صغير». كانت محاولة فاشلة منّي في تجاهل عبارتها الأخيرة. قالت وهي تجمع حاجاتها وتضعها في

حقيبتها بفوضى وارتباك واضحين «لكنّ جسدي ما زال ملوّثًا. رغوة الصابون لا تنظّف الأرواح من آثام الجسد. اللعنة على تلك الحكاية التي رواها غاندي كاز، لم أعد أستطيع أن أكون لك وحدك». كنتُ بحاجة إلى كوب من الشاي الأسود. على زاوية رخام المجلى، وجدت أوراقًا بخطّ رهام. كانت مسوّدات غير مكتملة لمقاطع ترجمتها في غيابي، من كتاب «موجز تاريخ الأرداف»، تتعلّق بأعمال فوتوغرافيّين وثّقوا لصور متتالية للأرداف بأوضاع مختلفة، فيما اعتنى مصوّر مثل ميشيل لاندسين بالتقاط صورٍ بحجوم كبيرة لألف ومئتي حلمة. شاي أسود، وجدران وممرّات وأبواب تغطّيها الصور التي التقطها الفوتوغرافيّ الفرنسي المهووس، نزولًا إلى السلّم، وباب البناية، وصالون الحلاقة المجاور، ومرأب السيّارات، ومكتب الصيرفة، وصيدليّة ابن سينا، والتمثّال الذي يتوسّط الساحة، ونزار قبّاني يهتف في حديقة المدفع: «بنيتُ أهرامًا من الحلمات». حلمة تقطر حليبًا في كوب الشاي الأسود فتحيله بنّيًّ فاتح بمذاق مختلف، أقرب إلى طعم المرارة. في تلك اللحظة، بزغت صورة الجدّة الأولى وهي تناولني طاسة من حليب الماعز الساخن، ثمّ وهي تملأ طاسة أخرى من القدر النحاس وتدلقها فوق الموقد، لحماية روح ابنها الذي بقلب ذئب من آثام القسوة، وهي تردّد إحدى تعويذاتها القديمة، بعبارات لم أكن أفهم معناها. ثمّ ممدّدًا فوق ركبتها إلى جانب الموقد، أنصت إلى حكاية من حكاياتها التي كانت ترويها لي، وهي نصف نائمة: «كثُر اللصوص في أحد البلاد، فقرّر أهلها أن يحفروا خندقًا حول حدودها لحمايتها من الغزوات. وفي يومٍ بارد، توجّه حطّاب إلى الجبل، وحين اقترب من الخندق سمع أصوات استغاثة، فألقى نظرة نحو حفرة عميقة في الخندق، فوجد أسدًا وحيّة ورجلًا. رجاه الأسد أن ينقذه مقابل هديّة ثمينة، فألقى حبله نحو الحفرة وسحبه خارجًا، ثمّ طلبت منه الحيّة أن

ينتشلها على أن تكافئه على صنيعه، فمدّ الحبل، وأخرجها. بقي الرجل وحيدًا في الحفرة. تردّد الحطّاب في إنقاذه قائلًا: «ولكن البشر ينسون المعروف، ربّما ستغدر بي»، لكنّ الرجل وعده بألّا ينسى معروفه مهما كانت ظروفه، فمدَّ الحبل نحوه وأخرجه. أشار الأسد إلى طريق الغابة، قائلًا: في حال احتجتني يومًا، اسلكْ هذا الطريق، وستجدني في خدمتك، وقالت الحيّة، وهي تناوله شعرة سوداء: حين تمرّ بضائقة، ما عليك سوى أن تحرّك هذه الشعرة بين أصابعك حتّى تجدني أمامك. وأخبره الرجل بأنّه يعمل صائغًا للذهب، وأرشده إلى عنوانه في بلدة بعيدة لزيارته وقتما يشاء. بعد سنوات ضاقت الحال بالحطّاب، فتذكّر وعود أصدقائه الثلاثة، وقرّر زيارتهم. لجأ إلى الأسد أوّلًا، فأكرمه بوليمة فاخرة، وفي اليوم التالي أهداه عقدًا ثمينًا من اللؤلؤ، فاتّجه إلى الصائغ، وحين اهتدى إليه، أخرج العقد وطلب منه أن يقدّر ثمنه، وحين تأمّل الصائغ العقد، اتّهم الحطّاب بأنّه لصّ، واحتجزه ريثما يحضر جند الملك، فالعقد يخصّ ابنة الملك التي خرجت منذ سنوات في نزهة إلى الغابة واختفت هناك. قرّر الملك محاكمة الحطّاب المتّهم بقتل ابنته، فأصدر فرمانًا بشنقه، وفيما كان الجنود يجهّزون حبل المشنقة لتنفيذ الحكم، تذكّر الحطّاب وعد الحيّة له، فأخرج الشعرة التي ما زال يحتفظ بها، وحرّكها بين يديه، وإذا بالحيّة تحضر في الحال، وتقطع الحبل قبل أن يلتفّ حول عنق الحطّاب، فهرب الملك وجنوده، وبذلك أنقذته من موتٍ مؤكّد. لم أدرك حينذاك مغزى الحكاية التي روتها الجدّة، الآن فقط وقعتُ على السرّ، فلكلّ حكاية سرّها، وسرّ هذه الحكاية يكمن في عنصرٍ واحد هو الحبل: الحبل الذي قد يؤدي إلى النجاة أو الموت. الحبل الذي ينقذ من الهلاك، والحبل الذي يلتفّ حول العنق على هيئة أنشوطة. الحبل المشدود إلى دلو لسحب الماء من البئر في صحراء العطش، حبل الغسيل، وحبل الوريد، والحبل السرّيّ، لحظة

انفصال الجنين عن المشيمة، الكدمة الداكنة في منتصف البطن: السُّرَّة. السّرُ في السُّرَّة. سكبتُ كوبًا آخر من الشاي الأسود، وقد انزلقت عيناي من موقع الحلمة إلى السُّرَّة: لم أتأمّل سرّة رهام مرّة واحدة بما تستحقّه من عناية. كنت أنحدر بحركة عجلى نحو أسفل بطنها محمومًا، أحتطب عشبها وماءها وشهقاتها، ثمّ أعبرها ثانية، كما لو أنّها شجرة يابسة ومهجورة، أو حوض ماء فارغ لا يروي عطشًا. ولكن، لماذا خلتْ حكاية الحطّاب من فأس؟ دهمني هذا السؤال فجأة، ذلك أنّ لا حطّاب بلا فأس. على الأرجح، فإنّ الراوي تجاهلَ الفأس في الحكاية كي لا يفقد الحبل أهمّيّته في الوقائع اللاحقة، وربّما لرغبته في عدم قطع الأشجار، والاكتفاء بجمع الأغصان اليابسة، وربطها بالحبل، وكذلك لتأكيد إخلاص الحيوانات لا البشر، في إيفاء وعودها، لا نكثها، كما فعل الصائغ، حتّى لو كانت هذه الحيوانات مفترسة، أو سامّة! كان عليّ أن أكمل عملي على كتاب ابن رشد لتسليمه إلى الناشر في موعده: ما إن أضأت شاشة اللابتوب، حتّى اختفت صور ميشيل لاندسين من على الجدران، وظهرت صورة ابن رشد على عرض الشاشة، مكبَّلًا بحبلٍ يحيط كتفيه ويديه. حاولت أن أفكّ وثاقه، فلم أستطع، فقد كانت عقدة الحبل متينة ومربوطة بإحكام. قال لي وهو يلتقط أنفاسه: لا تحاول، الأمر أصعب ممّا تظنّ، فمن مات ثلاث مرّات محكوم عليه باللعنة الأبديّة. تنهّد طويلًا، ثمّ قال: كانت الميتة الأولى حين أحرقوا كتبي على مرأى عينيّ، في إحدى ساحات قرطبة، وكانت ميتتي الثانية حين حملوا نعشي من تراب مراكش نحو الأندلس، وفقدتُ اسمي الأصلي إلى الأبد، أما ميتتي الثالثة، وهذا ما حضرت من أجله، فكانت اكتشافي فقدان خمسين مخطوطًا من مخطوطاتي المئة وثمانية. وقبل أن تتوارى صورته عن الشاشة، قال بحسرة: «العلم في الغربة وطن، والجهل في الوطن غربة».

39

كنتُ ضجرًا بغياب رهام (اضطررتُ إلى أن أسافر إلى بيروت بمهمّة من المكتب. سأغيب ثلاثة أيّام، لا تقلق. قبلاتي). انحدرتُ من ساحة الشهبندر نحو جسر فيكتوريا بأفكار ضبابيّة: لمَ لم تخبرني رهام مباشرة بدلًا من كتابة رسالة على الموبايل، وما هي طبيعة عملها في مكتب الترجمة، وهل يتبع المكتب إلى هيئة دوليّة غامضة؟ فهي لم تفصح لي يومًا عمّا يحدث تمامًا في ذلك المكان الذي تُمنع فيه الزيارات، كما أبلغتني. كانت التماثيل الحجر تتكوّم حول المائدة بما يشبه المأتم، فبعد مداهمة صالة سينما الأهرام، وختمها بالشمع الأحمر، اختفى غاندي كاز مباشرة، ولم يتمكّن أحد من اقتفاء أثره، رغم مرور يومين على اختفائه. كان غيابه سببًا لاستدعاء سيرته بكلّ تناقضاتها: كنتُ أوّل من أطلق عليه اسم غاندي كاز، فهو لم يتردّد في تناول أيّ نوع من الكحول حتّى لو كان بنكهة زيت الكاز، قالها الكركدنّ الحزبيّ باعتزاز، ثمّ رفع نخب الغائب، ونفى فكرة اعتقاله لدى أحد الفروع الأمنيّة، بعد تأكّده من الأمر، أو تعرّضه لحادث: لا اسم له في المستشفيات. لفتت الرسّامة إلى ضرورة السؤال عنه باسمه الأصليّ، وليس باسم غاندي كاز. فكرة وجيهة، أثنى أحدهم،

ثمّ تساءل: ولكن ما اسمه الأصليّ؟ لم يجب أحد، فغاندي كاز هو غاندي كاز وحسب: المخمور، والمفلس، وربع الموهوب، والمخصيّ، وصاحب قائمة طويلة من النذالات، والحشّاش، والقوّاد، والشرّير عندما يملأ طاسة الدماغ. بانتهاء زجاجة عرق الريّان، تحوّل غاندي كاز جثّة ممزّقة الأطراف، ضبعًا يتغذّى على الفطائس، بعد تغليفها بالتوابل، وثعلبًا على هيئة ديك منفوش الريش، ديك على مزبلة. ما بدأ مأتمًا لغيابه، انتهى إلى معجم شتائم ونميمة وثأر، كأنّ هويّته السابقة ككائن شهم ومسلٍّ وأليف، محض أكذوبة. ستتناسل سيرته خيطًا وراء آخر، تبعًا لمشيئة الضغينة الطارئة: لا ينتمي إلى عشيرة معروفة، على الأرجح، فإنّ جدّه الأوّل يتحدّر من سلالة غجريّة جوّالة استقرّت عند أطراف العاصمة، تعمل في صناعة السكاكين وتبييض الأوعية النحاس، وتركيب الأسنان الذهب المزيّفة، لكنّ أباه فضّل العمل عازفَ ربابة في ملاهي الغجريّات، وكان غاندي الصغير يحرس باب الخيمة التي كان يتسلّل إليها مسؤولون أمنيّون وحزبيّون لتمضية أوقات لهو مع الغجريّات الفاتنات مقابل الحماية. أخبرني غاندي كاز مرّة، بأنّه درس الفلسفة في الجامعة، لكنّه لم يكمل دراسته... لم تعجب هذه المعلومة أحدهم، فقاطعني بإشارة رافضة من يده، ثمّ علّق، قائلًا: مجرّد ادّعاء، مثله مثل روايته المزعومة التي لم يكتب سطرًا منها. كانت الساعة تقارب الثانية عشرة ليلًا، حين غادرتُ الحانة، وكان غاندي كاز ممدّدًا على المائدة مثل جثّةٍ متفسّخة تمامًا، محشوّة ببقايا بقدونس، وشرائح ليمون، وخسّ، وأعقاب سجائر، ومكعّبات ثلج تسيل فوق لحيته المخضّبة بالشيب والطعنات. ولكن، ماذا لو ظهر غاندي كاز مرّة أخرى؟ أتتني الفكرة، وأنا أعبر السينما المهجورة التي كانت مأوًى موقّتًا يلجأ إليه في ما تبقّى من ساعات الليل، كيف سيبرّر هؤلاء الإسخريوطيّون مواقفهم وخناجرهم المسلولة والمسمومة؟ الرواة

أنفسهم الذين هجوا سرحان الهلاليّ، بعد أن فقد عزّه، ذات يومٍ بعيد، يتناسلون بهيئات أخرى، يفترسون ضحاياهم بشهيّة، يحيلونهم هياكلَ عظميّة، ثمّ ينكشون أسنانهم باطمئنان. صحوت من شرودي على منظر جرذ يركض خائفًا، ويختبئ في كومة قمامة متاخمة للرصيف، الجرذ خائف من وقع خطواتي فوق حجارة الشارع، وأنا خائف من عبور حاجز أمنيّ في ساحة السبع بحرات. كلانا خائف. تفقّدتُ بطاقتي الشخصيّة، ثمّ عبرتُ الساحة صعودًا، بخطوات عجلى. كان عناصر الحاجز يرتشفون المتّه، ويتبادلون النكات. ابتعدت نحو مئة متر من الحاجز، أشعلت سيجارة. كان الشارع موحشًا تمامًا، فاستنجدتُ بأضواء بعيدة ومتناثرة تشعّ من منحدر جبل قاسيون، كانت تحرس ضريح ابن عربي، ثمّ ردّدت قوله بقوّة شجاعة مستعارة «وتحسب أنّك جرم صغير وفيك انطوى العالم الأكبر».

40

بتدبير الكحول والقلق والأرق، كانت خريطة اختفاء غاندي كاز، وسفر رهام المفاجئ إلى بيروت، في التوقيت نفسه، ترتسم في ذهني بوضوح. هناك تقاطعات تجمعهما في نقطة واحدة: هل التقته في صالة السينما قبل إغلاقها بالشمع الأحمر، من دون أن تعلمني بذلك؟ ثمّ، لماذا اعترفتْ في لقائنا الأخير بأنّها بجسد ملوّث، ولماذا لم تكتب في ذلك اليوم تاريخًا على حائط الرغبات، كما هي عادتها، منذ أوّل لقاء بيننا؟ كنت أقلّب هذه الأفكار في رأسي، على أنّها وقائع أكيدة، ثمّ أنسفها دفعةً واحدة، كي لا أغرق أكثر في مستنقع الوهم. وما إن أهدأ قليلًا، بانشغالات جانبيّة، حتّى تعاودني الأفكار ذاتها بحيثيّات أخرى: ولكن، لماذا اهتمّت إلى هذا الحدّ بما كان يرويه غاندي كاز على أنّه فصل من رواية كان في صدد إكمالها، إضافة إلى شغفها بتلك السينما الموبوءة؟ لم يكن شغفًا فقط، إنّما كان شبقًا، وعندما يئستْ من موافقتي على اصطحابها إلى هناك، نفّذت رغبتها بصحبة غاندي كاز، بما يتوافق مع نظريّتها في فلسفة المتعة. عدتُ إلى الأوراق التي تركتها رهام فوق رخام المجلى، علّني أجد ما هو مضمر بين السطور، فالأمر، كما زيّنتُ لنفسي، يتجاوز مقاطع من كتاب قيد الترجمة. لم

أقع على ما أبتغيه في هذه الأوراق، أحسست بإرهاق شديد، فقرّرت أن أنام. ألقيت نظرة على شجرة النسب. كانت أغصانها قد تجاوزت ثلث الحائط تقريبًا. قلت لنفسي: لكلّ شجرة خريف، وها هي أوراقها تذبل، وتتساقط، قبل أن تبلغ السقف، لا كما كانت رهام تخطّط قبلًا. أطفأتُ النور، محاولًا تجاهل كلّ ما يخصّ رهام، بمحو صورتها تمامًا، وإعادة الحائط المجاور للسرير إلى بياضه القديم، كما كان قبل اقتحامها حياتي، وأن أعود إلى قوقعتي كحلزونٍ وحيد، تتقاذفه الأمواج وحركة الرمل والمعاجم. حلزون لا يشاركه أحد هواء قوقعته الصلبة، حلزون ضالّ من فصيلة الرخويّات، لا يشعر بالألم في عموده الفقريّ، لا يكسر أحد ظهره بالفقدان أو الخداع. استيقظتُ بعد نومٍ متقطّع بمزاج الحلزون اللزج نفسه. لم أجد القلم البنفسجيّ الذي كانت تستعمله رهام في كتابة (تاريخنا المشترك)، بالقرب من السرير. أدركتُ أنّ كلمة السرّ تتعلّق باختفاء القلم. ليست هناك إشارة أكثر وضوحًا، على انتهاء العلاقة بيننا. رسالة صريحة لا تحتاج إلى شرح: لا تاريخ بعد اليوم سيُكتب على الحائط. وبهذا اليقين، ذهبت في صباح اليوم التالي إلى العمل في الموقع الإلكترونيّ.

***

لم أخمّن بدقّة مَنْ كتبَ افتتاحيّة رئيس التحرير هذه المرّة، أو من ورّطه بتحرير كلّ هذه الأراضي المحتلّة في افتتاحيّة واحدة، كان أشبه بالبلدوزر، وهو يقتحم الجبال والأنهار والأسلاك الشائكة، ويعيدها إلى أصحابها الشرعيّين «شبرًا، شبرًا»، قبل أن يقوم بحركة التفافيّة خاطفة، ويطيح معاهدة سايكس بيكو بضربة كيبورد واحدة، ثمّ يزيّت عجلات قطار الخط الحديد الحجازي ويعيدها إلى العمل، في رحلة طويلة، ستنتهي عند أسوار القدس، ليؤدّي صلاة شكر جماعيّة.

وسأعتني بمعلومة وردت في قسم المنوّعات «قمْ بوضع ثلاثة أكياس من الملح الخشن في حوض الاستحمام، وأجلس به مدّة نصف ساعة. يمكنك عمل ذلك مرّتين في الأسبوع لتتخلّص من الطاقة السلبيّة في جسمك». كنت في صدد تنفيذ هذه النصيحة، لولا عدم وجود حوض استحمام لديّ. في هذه اللحظة، كانت رهام غارقة برغوة الصابون في الحمّام، وسوف يرافقني هذا المشهد طوال اليومين التاليين، في أماكن وأوقات مختلفة: الطبقة العاشرة من بناية برجيّة على أوتستراد المزّة، الغرفة 603 في فندق برج الفردوس، الطبقة الثانية من بناء حجر يطلّ على حديقة الجاحظ، الغرفة 1109 في فندق الفصول الأربعة. رغوة الصابون تسيل من خلف جدران الأمكنة التي عبرتها وحيدًا، لكنّ رائحة الزنخ تلتصق بأنفي. أنجزتُ عملي في الموقع بمزاج الحلزون أيضًا، ثمّ اتّجهتُ إلى المصعد. المصعد الذي سيتوقّف في الطبقة الثامنة بالضرورة، ذلك أنّ العمل في العيادة التجميليّة الشاملة، يجري على قدم وساق (على أردافٍ وأثداءٍ وشفاه). لحظة دخولها المصعد، بادرتني بتحيّة حارّة، تحيّة من يعرفك جيّدًا، الأمر الذي أربكني قليلًا. قالت بحركة إغواء: أنا سهام رشيد ألم تعرفني؟ الآن فقط، استعدت ما تبقّى من ملامح وجهها، بعد إخضاعه لعمليّة تجميل، وتذكّرتها جيّدًا، فهذه الأنثى المثيرة لا تشبه تلك الروائيّة المطلّقة التي كانت تتردّد على حانة الأصدقاء، وسبق أن طلبت منّي أكثر من مرّة مراجعة مخطوط روايتها لغويًّا. اتجهنا إلى مقهى قريب، بناء على رغبتها. في المقهى، روت لي قصصًا مشتّتة عن عذاباتها، وأنّها قرّرت أن تخلع جلدها القديم وتستبدله بجلدٍ آخر. اقترحت عليها الذهاب إلى حانة الأصدقاء لمعرفة مصير غاندي كاز، فوافقت على مرافقتي مباشرة.

كانت مائدة التماثيل الحجر شبه فارغة. أخبرني أحدهم بلامبالاة «لا أخبار جديدة عنه، ربّما هاجر إلى بيروت». أحسستُ

بما يشبه الطعنة، ازدادت شكوكي في توقيت سفر رهام إلى بيروت، كما لو أنّها حقيقة مؤكّدة، فنهضت مغادرًا. لحقت بي سهام لاهثة. لم أجبها عن استفسارها حول أهمّيّة اختفاء غاندي كاز بالنسبة إليّ؟ أشعلتُ سيجارة، وأكملتُ طريقي صامتًا نحو البيت بدلًا من الذهاب إلى دار النشر، كما كنتُ مقرِّرًا. لم تتردّد في مرافقتي إلى المنزل بذريعة الاطمئنان عليّ، وفهم سبب تبدّل مزاجي المفاجئ. أصرّت سهام على أن تصنع القهوة بنفسها، مقابل أن أقرأ المقطع الأوّل من روايتها. كنت أحاول نسيان ما حدث. صعقتني الجملة الأولى في المخطوط «أخيرًا، تحرّر جسدي من عبوديّة هذا الثور، وحطّمتُ باب الزريبة بقدميّ، وخرجت من هذا الجحيم». اتّجهتُ إلى المطبخ، وأعدت قراءة الجملة بصوت مسموع تعبيرًا عن إعجابي بما قرأت. التفتت نحوي بابتسامة رضا، ثمّ عانقتني ممتنّةً، وهي تكاد تبكي. كانت شمس الغروب تنعكس بلونها البرتقاليّ على نافذة الغرفة، عندما نهضت سهام من السرير وبدأت بارتداء ثيابها المكوّمة على الأرض بإهمال وفوضى، وفي هذه اللحظة، تدحرج القلم البنفسجيّ نحو حافّة السرير، مطيحًا شكوكي التي راكمتها ضدّ رهام طوال اليومين الماضيين.

أحسستُ بالطعم المرّ للقهوة بعد تسخينها في المرّة الثانية.

كنتُ بلغت قاع البئر في تدبير الشكوك ونسجها حول عنق رهام كأنشوطة لا فكاك منها، إلّا أنّ حركة تدحرّج القلم البنفسجيّ الذي ظننت أمس أنّه اختفى إلى الأبد، في هذا التوقيت الحرج، وضعني في خانة الندم، مثلما أعاد إليّ بعض الغبطة التي افتقدتها بغياب رهام، متجاهلًا إغواءات سهام رشيد، وسبب اختفاء غاندي كاز، وطيف ابن رشد. أحسست بهواءٍ آخر يخترق شبكة العنكبوت التي وجدتُ نفسي أسيرًا لخيوطها. نفضتُ رائحة سهام عن ملاءة

السرير، بمجرّد إغلاق الباب وراءها، وانكببتُ على قراءة مخطوط روايتها، تحت وطأة إلحاحها. كانت الجملة الأولى فخًّا بلاغيًا لا أكثر، فما إن أنهيت الصفحات الأولى من المخطوط حتّى شعرت بالضجر لفداحة الأخطاء اللغويّة، والشكوى من فواتير حياة خاسرة مع ثور لا يغادر المعلف «كان يحرثني عنوةً، حتّى وأنا منحنية أمام المجلى في المطبخ غارقة بتنظيف الصحون»، و«لا أتذكّر متى قبّلني آخر مرّة، فقد كان يخلع سروالي مباشرة غير عابئ ببقع الدم العالقة من بقايا دورتي الشهريّة». كانت هذه العبارات تفلت منها، على نحوٍ متقطّع، لا يحمي ركاكة الوصف في المقاطع الأخرى، أو الهذيانات الأنثويّة في مواجهة همجيّة قرني الثور الهائج على الدوام. ورغم مشيتها العرجاء في تدوين سيرتها، إلّا أنّ هناك ما كان يشدّني إلى الاستمرار في «التلصّص» على حوادث غير متوقّعة، كانت تندلق من بين السطور، على نحو فجّ ومباغت ومحزن «أقنعني على مضض، بأن تشاركني صديقتي «نون» السرير، استهجنت الفكرة في الوهلة الأولى، وأمام إلحاحه المتكرّر، دخلتُ مرغمةً مرحلة من الخدر العقليّ، ووجدت نفسي أنساق تدرّجًا وراءه بألعاب شيطانيّة، لم أتوقّع يومًا، أن أوافق على ممارستها بمثل هذه البذاءة والقبح والشهوانيّة». كنتُ أتصفّح المخطوط عشوائيًّا، إلى أن لمحت عبارة «حانة الأصدقاء للمرضى المزمنين» خطفًا، في أسفل إحدى الصفحات. فعدتُ إلى بداية الفقرة، بتركيزٍ أكبر. كان ما كتبته عن روّاد الحانة، أقرب ما يكون إلى التشريح، في طرائق التحرّش وأنواعه، والملامسات الخاطفة من تحت الطاولة التي كانت تتعرّض لها من بعض التماثيل الحجر، والعبارات الملغّزة المحمولة على إيحاءات شعريّة. ورغم عدم خشيتي من أن تكون قد ذكرتْ اسمي عرضًا بين مرضى الحانة، لأنّها لم ترقني يومًا، قبل أن تخضع لعمليّة التجميل، كذلك لأنّني لست زبونًا دائمًا في

الحانة، إلّا أنّني لم أكن مطمئنًّا تمامًا إلى نظافة سجلّي في مدوّنتها. وكمراقب طبائعَ التماثيل الحجر عن كثب، لم أجد صعوبة كبيرة في معرفة سلوكاتهم، وإن تبدّلت الأسماء: الكركدنّ الحزبيّ وفصول من سماجة تصرّفاته، الرهافة المصطنعة التي يدّعيها غاندي كاز لاصطياد طرائده من العابرات، العهر الخفيُّ للرسّامة فريدا (فريال) ومحاولاتها الفاشلة في إقامة معرض لرسوماتها الإيروتيكيّة المختلسة من أساليب رسّامين عالميّين، من دون إتقان، والغرور والغموض والصمت، في شخصيّة سيبويه (في إشارة واضحة نحوي).

المعلومة التي ستهزّني بعنف، تتعلّق بغاندي كاز، أو مصباح، كما ورد اسمه في المخطوط، ومحاولاته المتكرّرة، دعوتها إلى مقرّه الموقّت في صالة السينما، لتمضية قيلولة مختلفة «كما لو أنّنا شخصيّتان في فيلم عاطفيّ»! لكنّها لم توضّح في الصفحات اللاحقة، إن كانت قد وافقت على عرضه أم لا؟ في تلك الساعة المتأخّرة من الليل، استيقظت شكوكي نحو رهام مجدّدًا، فما الذي يمنع غاندي كاز من أن يطرح العرض نفسه على رهام، ويستدرجها إلى هناك، مستغلًّا حماستها وشغفها بالمغامرة، لاكتشاف هذا العالم الغرائبيّ، وتاليًا تورّطها معه في علاقة سرّيّة، أو بنزوةٍ من نزواتها الطائشة؟

41

كنت قلقًا ومضطربًا ومتوجّسًا، باقتراب موعد عودة رهام من بيروت. لديّ عشرات الأسئلة التي تحتاج إلى إجابات حاسمة وصريحة منها، حول علاقتنا، وغموض ما حصل في الأيّام الثلاثة الماضية، لذلك لم أكن في مزاج رائق في الإجابة عن أسئلة هشام البارودي بخصوص الكتب القديمة التي سنعيد نشرها في الدار. كان يلوّح بكتاب مهترئ مقترحًا طباعته، فهززت رأسي موافقًا، من دون أن ألقي نظرة على محتواه، كما هي عادتي في أحوال مشابهة، ففي هذه اللحظة، تلقّيت مكالمة من رهام، تعلمني بوصولها، وبأنّها تنتظرني في بيتها بعد نصف ساعة. اعتذرت من صاحب الدار متذرّعًا بعملٍ ضروريّ وطارئ لا يمكن تأجيله، وخرجت مباشرةً.

بسبب الزحام، اضطررت إلى أن أصعد إلى تاكسي تحمل راكبًا آخر. لم أنصت إلى ثرثرته مع السائق، كنت طوال الطريق إلى باب توما، تتنازعني مشاعر متناقضة، تتأرجح بين الكراهية واللهفة، أحاول استعادة نبرة صوت رهام بالهاتف، ودرجة لهفتها، وصدق أشواقها، ثمّ كيف سأواجهها بأسئلتي وشكوكي؟

وجـدتُ الباب مفتوحًا. أغلقتهُ خلفي ودخلت. كان صوت الماء مسموعًا من الحمّام. أحضرتُ منفضة من المطبخ، ثمّ أشعلت سيجارة. كانت حقيبة سفرها مفتوحة، وبدت فوضى ثيابها واضحة، إلى جانب كتابين أو ثلاثة باللغة الفرنسيّة. لحظة خروجها من الحمّام، أحسستُ بارتباك، وارتخاء في ركبتيّ، أطاحا مخطّطي في ادعاء الجدّيّة. كنت أقف في الصالة بكامل اضطرابي، وقد أدرت وجهي نحو النافذة، كمن يتأمّل حركة الأشجار في الخريف، فالتفتُّ نحوها بحياديّة. كانت تلفُّ جسدها بمنشفة بيضاء قصيرة، وقد مدّت ذراعيها بأقصى اتّساعهما نحوي، وعانقتني بعنف، ثمّ جلسنا متجاورين على الأريكة. استغربتْ صمتي، فنهضتْ واتّجهت نحو الحقيبة، ثمّ خلعت المنشفة، وارتدت فستانًا قصيرًا. أخرجتْ زجاجة نبيذ كانت ترقد في أسفل الحقيبة، ووضعتها على الطاولة، ثمّ طلبتْ منّي أن أعالج فلّينة غطاء الزجاجة، ريثما تحضر كأسين من المطبخ. حضنتْ وجهي بكفّيها، وقالت: «كانت زيارة تخصّ العمل. ندوة مهمّة عن التهجير القسريّ. المكتب الذي أعمل به يعتني بترجمة وأرشفة هذا النوع من الوثائق».

– لمَ لم تخبريني قبلًا؟

– هذا جزء من سرّيّة العمل، وهأنذا أخبرك.

– ألم تقابلي أحدًا في بيروت؟

– بالكاد وجدتُ وقتًا للذهاب إلى مكتبة قريبة من الفندق، وابتعت كتبًا مهمّة وممنوعة. نهضتْ وأحضرتْ كتابًا، ثـمّ قرأت عنوانه بالفرنسيّة (الدولة البربريّة، جيرار ميشو). وضعته جانبًا وتابعت: أكثر ما أثار انتباهي ودهشتي في بيروت، تلك الأبنية المهجورة منذ الحرب الأهليّة، ما زالت بقايا القذائف على الجدران. فكّرتُ وقتذاك، كم نحتاج من السنوات كي ندفن آثار الحرب هنا؟

– هنا، ما زالت المقبرة مفتوحة لموتى آخرين، كما لن تتوقّف مطحنة الذكريات المؤلمة عن العمل سنوات طويلة.

– وأنت، ماذا فعلتَ في غيابي؟

– أنهيت تصحيح كتاب ابن رشد، وانشغلت باختفاء غاندي كاز، وبغيابك المفاجئ.

لم تكترث لخبر غياب غاندي كاز، كما كنتُ آمل. فلجأتُ إلى اختبارٍ آخر: ما الذي تغيّر في حركة جسدها في السرير، هل هناك ندبة زرقاء في مفرق عنقها، أو هل اختلفت طريقتها في الملامسات، وهل ستلفظ اسم أحدهم في حمّى رعشتها؟

ليلًا، بعد عودتي إلى البيت، كنت أعالج طمأنينتي بمراجعات أكثر دقّة، من دون أن أقع على أخطاء حاسمة في سلوك رهام، تفيد شكوكي وأوهامي وأمراضي.

كنتُ بحاجة إلى الشاي، وكان مخطوط رواية سهام رشيد يقبع فوق طاولة المطبخ، تردّدت في قراءة ما تبقّى من فصوله، خصوصًا، أنّها انخرطت بتشريح «جثّة الثور» وإخراج أحشائه على الملإ، كما لو أنّها في حلبة مصارعة للثيران. كانت دماؤه تسيل من السطور من دون رأفة، فهذا «الثور» حطّم حياتها، وتعامل معها بقسوة، ولم تهنأ يومًا واحدًا معه. تناولت المخطوط لمراجعة الأخطاء النحويّة، كما وعدتها قبلًا، من دون أن أسهو عن عذاباتها، ومجازاتها الخاطفة، وقد أدارت ظهرها تمامًا لنصيحة قديمة من طراز «لا تقيّد خصمك بالحبال، فهو يحتاج إلى عدالة المواجهة، بقدر حاجتك إلى إقناع الآخرين بعدالة قضيّتك». رجل أشبه بدريئة مملوءة بثقوب رصاص الرمي العشوائيّ، من دون أن ينطق بكلمةٍ واحدة، في الدفاع عن نفسه، أو تحاشي حجارة الفضيلة التي كانت ترجمه بها، صفحة وراء أخرى، استجابة ربّما، لأطنان من النظريّات النسويّة التي تتدفّق يوميًا

من الروايات والأبحاث والمواقع الإلكترونيّة المتخصّصة: ماذا لو كتبت سهام روايتها الآن، بجسدها الآخر المصنوع بفتنة السيليكون ومهارة مشرط الجرّاح، هل سيتغيّر منسوب الثأر لديها؟ قلت لنفسي، وأنا أتأمّل كمّيّة الضغينة التي سفحتها على الورق كتصفية حساب نهائيّة ضد من ارتبطت به يومًا، وشاركته المائدة والسرير والشتائم، طوال خمس سنوات وتسعة أشهر. أقلّب الصفحات، من دون أن أجد ثغرة صغيرة في حياتها تصلح لتسريب الأوكسجين نحو بهجة عابرة، أو لحظة حنان «لا عناق، لا قبلات، لا ملامسات. كان ينطحني بقرنيه مباشرة، دون تمهيد أو توطئة، وكانت حياتي كتابًا بلا فهرس، ساقية تنتهي إلى مستنقع، ومعلقًا في زريبة». كأنّ الكتابة، بالنسبة إليها، هي تاريخ الخسارات والخذلان والقسوة، وألم المغلوبين. جمرة مشتعلة هنا، وأخرى مطفأة هناك. ثمّ سأسأل نفسي: أليست الكتابة تصفية حساب مع الذاكرة لمحو آثام الأمس؟

42

– لا تحتاج إلى توصية، قالها هشام البارودي وهو يسلّمني الكتاب.

كان الكتاب بنحو ثلاثمئة صفحة، بأوراق مصفرّة ومهترئة من أطرافها، وبسطور متلاصقة وممحوّة تقريبًا. قرأت العنوان «فاكهة الخلفاء ومفاكهة الظرفاء» لمؤلّفه ابن عرب شاه الدمشقيّ، وفي أسفل الصفحة الثانية وقعتُ على دمغة دير الآباء الدومانيكيّين في الموصل العام (1869). خرجتُ من مكتبه نحو مكتبي في الجهة المقابلة. أجريتُ اتصالًا برهام. أخبرتني بأنّها لم تغادر سريرها منذ البارحة، بصحبة جيرار ميشو. في وهلة، لم أفهم قصدها، إلى أن تذكّرت أنّه اسم مؤلّف الكتاب الذي أحضرته من بيروت. أغلقتُ الهاتف فزِعًا، على أن نلتقي غدًا.

كان ابن عرب شاه، قد ألّف كتابه هذا على نهج ابن المقفّع في «كليلة ودمنة»، مضيفًا السجع إليه، في سرد حكاياته، على الأرجح بقصد المراوغة، في بثّ رسائله إلى الملوك والولاة والقضاة، وذلك لإحقاق العدالة بين الرعيّة، لكنّه سيجد مصيرًا مشابهًا لسلفه. قُبض على الفتى أحمد شهاب الدين أثناء حصار تيمورلنك مدينة دمشق، مطلع القرن الخامس عشر، وسيق مع آخرين في قافلة كبيرة إلى

سمرقند. وكان آخر ما رأته عيناه الحرائق التي خلّفها الطاغية المغوليّ في أنحاء المدينة. وسيؤرّخ لاحقًا فظائع غزوات تيمورلنك في كتابه «عجائب المقدور في نوائب تيمور». في سمرقند المدينة التي يمكن أن تراها مرّة، وتحلم أن تراها مرّة أخرى، مثلها مثل أثينا وروما وبابل، وفقًا للمأثورات المتداولة عنها، أحسّ ابن عرب شاه بشوق لا يوصف إلى بلاد الشرق، وأن يحقّق رغبة قديمة وموجعة في زيارة دمشق بعد غياب ثلاث عشرة سنة عن أرضه الأولى، وقد أزاح من ذاكرته غبش صور الأنقاض، وصراخ المفجوعين، ومشاهد المذابح التي ارتكبها الغزاة المغول، لكنّ الدروب المتعرّجة قادته إلى الأناضول أوّلًا. في أسفاره، كان يركب محفّة، تُشدُّ له بين دابّتين، يجلس فيها ويكتب مشاهداته، وما إن حطّ رحاله في أدرنـة حتّى استقدمه محمد بن عثمان وسلّمه ديوان الإنشاء في الدولة العثمانيّة، مسبوقًا بسمعته في الإنشاء والنظم ومعرفة اللغات، وحين خرج من الديوان، كانت عشر سنوات من عمره قد انقضت بين أروقة القصر وشوارع أدرنة، في كتابة الرسائل، وتأليف الكتب، وحفظ الأسرار، قبل أن يتوجّه إلى حلب ثمّ إلى دمشق. لم يطل المقام به في دمشق، فلم تكن المدينة/ الحلم، ذلك الحلم الذي كان يراوده طوال ثلاث وعشرين سنة، انطفأ تحت وطأة التحوّلات التي أصابت المدينة وأهلها، فتوجّه إلى مصر زمن السلطان المملوكيّ جَقْمَق، وعمل في ديوانه، وكتب له تاريخًا خطّه في كتابه «التأليف الطاهر في شيم الملك الظاهر القائم بنصرة الحقّ أبي سعيد جَقْمَق»، إلّا أنّ السلطان غضب منه في أواخر أيّامه، واتّهمه بأنّه يعمل ضدّه في الخفاء، فأمر بسجنه. خمسة أيّام عاشها بين جدران مظلمة ورطبة، استرجع خلالها صورة الفتى الذي أسره تيمورلنك، وصورة غائمة لفتاة لم يعرف اسمها، كان يراها تقف كلّ يوم خلف النافذة تسقي ورودًا، وهو في طريقه إلى سوق الورّاقين،

أو إلى دكّان أحد الخطّاطين الذين كان يتدرّب على أيديهم في فنون النسخ. خمسة أيّام كان يتقلّب فوق نار الحسرة، ممّا آلت إليه أيّامه، إلى أن أمرَ السلطان بالإفراج عنه. لكنّه لفداحة القهر الذي أصابه في أيّامه الأخيرة، لم يعش أكثر من اثني عشر يومًا، بعد خروجه من السجن، ودُفن في تربة الخانقاه الصلاحيّة عن اثنتين وستّين سنة.

صرفتُ نحو ثلاث ساعات في قراءة الكتاب، وتصحيح أخطائه الطباعيّة، على وقع صوت المطر يدقّ زجاج النافذة، من دون أن أنتبه إلى مرور الوقت، فقد جذبني ابن عرب شاه إلى حكاياته الملغّزة، ومهارته في صوغ العبارات البليغة، وقدرته الفائقة على ردم المسافة بين نبرة الحكاية الشعبيّة، وسلاسة اللغة المحمولة على قوة المثال، كقوله: «وإنّما أوردت هذا المثال عن الحمار والجمل، لتعلمي يا ستّ الحجل، أنّه لا بد لنا من الأهبة قبل النكبة، فما كل مرّة تسلم الجرّة». أطبقتُ الكتاب، بعد أن وضعتُ علامة عند الصفحة التي انتهيتُ إليها، وخرجت.

غزارة المطر في الخارج، لم تمنعني من الذهاب مشيًا، فقد كنتُ بحاجة إلى الاغتسال من بثورٍ كثيرة علقت بروحي، في الأيّام الماضية، ثمّ سأكمل الحفريّات نحو الأشهر الماضية بمحاكمات أقسى، ثمّ سأغوص في طين أخطاء سنوات عمري، أدخل نفقًا معتمًا ينتهي إلى صحراء رمليّة، وقبور متناثرة لأولياء مجهولين، وقطّاع طرق، وثورٍ هائج يطارد امرأة عارية، ستختبئ داخل معطفي، ثمّ سألجأ إلى حانة الأصدقاء مبلّلًا تمامًا بالذكريات والأخطاء. خلعتُ معطفي واتّخذتُ مكاني كتمثّال حجر أصيل. لا أخبار جديدة عن اختفاء غاندي كاز، وهذا ما منحني طمأنينة إضافية، بأنّه لم يلتقِ رهام أثناء غيابها. كان الكركدنّ الحزبيّ، قبل مجيئي، مهمومًا بخطر الاحتباس الحراريّ، وتغيّرات المناخ، وسرعة ذوبان الجبال الجليد في القطب

الشماليّ «سنغرق جميعًا... سنغرق جميعًا»، كان يردّد هذه العبارة بوصفها زبدة الكلام، والقول الفصل في المصائر التي تنتظر سكّان الكوكب. أجابه أحدهم وهو ينهض مغادرًا: «ولكنّنا غارقون في رائحة النشادر والخراء، سواء بذوبان الجليد أم لا، ألا تشمّ الرائحة؟». حاول الكركدنّ أن يستعيد موقعه في الكلام للدفاع عن فكرته، إلّا أنّ فوضى الأحاديث الجانبيّة، لم تتح له الفرصة، فأنكفأ صامتًا، يقلّب بأصابع مرتعشة كأسه، يمينًا وشمالًا، كما لو أنّها قارب موشك على الغرق.

43

كنتُ غارقًا في منامٍ كابوسيّ: أحملُ حجرًا كي أقذف به كلبًا كان يطاردني، وينبح في وجهي. استيقظت فزعًا، على رنين هاتفي. كانت سهام رشيد على الخطّ، تستفسر عن عملي على مخطوط روايتها. اتّفقنا على الثالثة بعد الظهر، بعد انتهائي من عملي في الموقع، في مقهى جوليا دومنا. نهضتُ من سريري بكسلٍ. كانت الساعة في حدود التاسعة صباحًا. صداع وقهوة سوداء مركّزة. تصفّحتُ مخطوط الرواية عشوائيًّا، لاقتناص أخطاء لغويّة لم ألحظها قبلًا، من دون أن أهمل عمل حاسة التلصّص على وقائع مفزعة أوردتها خطفًا حينًا، وبمكاشفات صريحة طورًا، عن اشتهاءات بهيميّة مستنسخة من أفلام بورنو، كان «الثور» مدمنًا إيّاها، قبل أن تدمنها هي نفسها «كنتُ بجسدٍ آخر، أتلقّى طعنات رجل آخر بفحولة خرافيّة، أنستني سكاكين الإذلال التي سكنت خلاياي». بالطبع، لم تكن عباراتها مكتوبة بهذه الصيغة تمامًا، إنّما كنت أجري عليها بعض التعديلات كي تستقيم لغويًّا في المقام الأوّل، كما سأتوقّف عند ملاحظات وإشارات استفهام، وخطوط تحت بعض العبارات، مكتوبة بلون أزرق ناعم ونزق، بما يؤكّد أنّني لستُ القارئ الأوّل للمخطوط.

صمت سهام رشيد وارتباكاتها ومراوغاتها، في إجاباتها عن استفساراتي حول محتوى روايتها، أثارت شكوكي، كأنّ المخطوط لا يخصّها، على عكس ما كانت عليه قبل أيّام فقط. أخرجتُ المخطوط من حقيبتي ووضعته أمامها على الطاولة، رشفت قليلًا من فنجان قهوتي، واعتذرتُ منها بأنّني يجب أن أذهب. استمهلتني قليلًا، وقالت بعد تردّد: «لدي ما أقوله لك». صمتتْ ثانيةً، ثمّ أضافت: «هذه الرواية لم تعد تخصّني، أقصد لم تعد لي».

– كيف؟

أشارت إلى نادل المقهى، بأن يحضر قهوة إضافيّة. أشعلتْ سيجارة، ثمّ قالت:

– أنت بالكاد تعرفني. وما قرأته في مخطوط الرواية كان جزءًا من سيرتي فعلًا، إلّا أنّه خضع لتعديلات لاحقة، كنت مضطرّة إلى فعل ذلك، تحقيقًا لرغبة صديقة لا تعرفها. باختصار، لقد بعتها المخطوط، كي لا أنتهي متشرّدة في الشوارع، بعد أن فقدت كلّ ما أملك.

– لم أفهم، قلتها مذهولًا.

– عملية التجميل، كانت جزءًا من الصفقة. أردت أن أستعيد جسدي كما كان قبل أن ينتهكه شريكي السابق. أن أقشّر جلدي ممّا علق به من قبح وآثام ودمامل. أردت أن أخرج ذلك الطائر الأبيض في روحي من القفص. كنت أهذي على الورق. كنت أثأر حقًّا، من ذلك الثور الذي انتهك جسدي وروحي. وحين تعرّفت مصادفة إلى رباب رمضان صاحبة مركز التجميل، وهو الاسم الذي سيُكتب على غلاف الرواية بعد طباعتها، وفقًا للاتّفاق معها، أقنعتني بأن أبيعها مخطوط روايتي مقابل المبلغ الذي أطلبه.

– وما حاجتها إلى وضع اسمها على رواية لم تكتبها؟

– بالنسبة إلى امرأة مثل رباب رمضان تمتلك مركزًا للتجميل، ومطعمًا، وفيلّا، وسيّارة فخمة، وكلبًا، وقطّة، وببّغاء، فإنّ وضع اسمها على كتاب يكمل ما ينقص شخصيّتها، أليس كذلك؟

– ولكنه كتاب فضائحيّ!

– هذا ما أغراها بعقد الصفقة معي، ربما ستجلب الرواية شهرة إضافيّة لها، كما ستكون طريقتها في الانتقام من رجل الأعمال الذي كان زوجها، باعتباره ثورًا آخر، وتحطيم سمعته، بعد أن هجرها مع إحدى عشيقاته.

– ولكن، هل الكتابة عمليّة انتقام؟

– انتقام من الذاكرة ربّما. تنظيفها من الطحالب كي لا تتحوّل مستنقعًا للبعوض.

– يؤلمني أن تتخلّي عن روايتك، رغم ملاحظاتي على مناخاتها، وفي المقام الأوّل على لغتها.

أدارت وجهها نحو الشارع تتأمّل حركة الرصيف، من خلف الزجاج، ثمّ قالت بأسًى:

– سأعتبر كلّ ما حصل عمليّة إجهاض لجنين مشوّه.

كانت المرّة الأولى التي تصادفني عمليّة انتحال علنيّة من هذا الطراز، وبمثل هذا التواطؤ المكشوف، ذلك أنّ سهام رشيد روت لي هذه الواقعة ببساطة، كأنّها تحكي منامًا عابرًا لا أكثر، فيما كانت ذاكرتي تستدعي حوادث انتحال مشابهة، وأخرى مؤكّدة، لطالما أثارت فضائح مدويّة، ثمّ طواها النسيان بتعاقب الأزمنة، خصوصًا بما يتعلّق بالمخطوطات القديمة ووفرة انتحالها بتغيير عنوان المخطوط، أو الإغارة على محتواه، كما فعل تقيّ الدين المقريزيّ، حين قام بنسخ مسوّدة أحمد بن عبدالله الأوحدي «خطط مصر والقاهرة» ونسبها إلى نفسه «مع زيادات»، وفقًا لما ذكره شمس الدين السخاويّ في «الضوء

اللامع لأهل القرن التاسع»، وسنستغرب أنّ كتاب «منتخب الكلام في تفسير الأحلام» لابن سيرين، ليس من تأليفه، بصرف النظر عن شهرته وتكرار طباعته باسمه، أمّا بخصوص واحدٍ من أشهر الكتب التراثيّة، وهو «الأغاني» فيورد الخطيب البغداديّ معلومة مثيرة تنسف نسبته إلى أبي الفرج الأصفهاني «كان أبو الفرج أكذب الناس. كان يدخل سوق الورّاقين وهي عامرة، والدكاكين مملوءة بالكتب، فيشتري شيئًا كثيرًا من الصحف ويحملها إلى بيته، ثمّ تكون رواياته كلّها منها».

وسوف ينسف طه حسين في كتابه «في الشعر الجاهلي» عشرات النصوص التي نُسبت إلى العصر الجاهلي زورًا، نظرًا إلى اختلاف اللغة وتعدّد اللهجات بين القبائل العربيّة، معتبرًا أنّ «القرآن أصدق مرآة للحياة الجاهليّة»، وأنّ «ما تقرؤه على أنّه شعر امرئ القيس أو طرفة أو عمرو بن كلثوم أو عنترة، ليس من هؤلاء الناس في شيء وإنّما هو انتحال الرواة واختلاق الأعراب أو صنعة النحاة أو تكلّف القصّاص أو اختراع المفسّرين والمحدّثين والمتكلّمين»، وسيثير هذا الكتاب المارق عاصفة وجدلًا كبيرين قادا المثقّف الديكارتي الضرير إلى قاعة المحكمة بتهمة الإلحاد والتجديف، لكنّ المحكمة ستبرئه بعد مداولات طويلة، في حادثة قضائيّة نادرة.

اليوم، تتكفّل مواقع التواصل الاجتماعيّ بنشر فضائح واتّهامات لشعراء وروائيّين بالسطو على نصوص بعضهم بعضًا، إذ لا تخلو الصفحات المخصّصة للسرقات الأدبيّة من غنائم يوميّة: قصيدة هنا، ورواية هناك، وبقليل من الأصباغ تُمحى هويّة الكتاب الأصليّ، من دون أن ينصت أحد إلى استغاثة الضحيّة، فتُدفن الفضيحة بعد ساعات أو أيّام أو أسابيع، وكأنّ شيئًا لم يحدث، وهناك حكايات تشبه حكاية سهام رشيد مع رباب رمضان، تبقى طيّ الكتمان، لأنّها تحصل في الخفاء، وبلا ضجيج.

44

اختلال هويّة نصّ مكتوب، لا تختلف كثيرًا عن اختلال سيرة شخص، فقد كان أجدادي القساة لا يكترثون لتسجيل أسماء المواليد الجدُد في دفاتر النفوس، إنّما يستعيرون أسماء الموتى من الأشقّاء ويلصقونها بمن سيليهم في الولادة. هكذا يعيش أحدهم باسم شقيقه طوال عمره، من دون أن يهنأ باسم يخصّه مباشرةً، فيضطرّ مَنْ ولدَ بقلب طائر إلى أن ينشأ بطبائع من كان بقلب ذئب، رغمًا عنه، أو العكس. فصاحب قلب الطائر يضطرّ شيئًا فشيئًا، تحت ضغط أفعال القسوة، إلى تدريب منقاره الصغير كي يكون على هيئة أنياب للافتراس، يعاف العشب والحبوب والثمار، ليقتحم المغاور والكهوف، بحثًا عن فريسة تليق بالاسم الذي يحمله على كتفيه الواهنتين. كان أبناء العمّ السابع يموتون بعد أشهر من ولادتهم بأمراض غامضة، وحين ولد ابنه الثالث أهداه اسم ابنه الثاني «السبع». كان المولود هزيلًا، يشبه جرو كلب أكثر ممّا يشبه أيّ كائن آخر، ما أثار هزء الداية من ثقل رنين الاسم، وهي تتأمّل كومة اللحم النيئة هذه التي بالكاد تملأ باطن يديها، وتوقّعها مصيرًا مشابهًا لمن سبقه، لكنّ العمّ أصرّ على تأكيد هذا الاسم بناء على حيثيّات منام باغته الليلة الفائتة يؤكّد مصيرًا مختلفًا لهذا

المولود، وزيادة في الحيطة، أوصى بثقب أذني الطفل، ووضع خيط في كل أذن، ينتهي بخرزة زرقاء مستعارة من صندوق الجدّة الثالثة، لمراوغة سجلّات ملك الموت، في حال قرّر مداهمته باكرًا. مضت الأشهر الأولى على ولادة السبع، من دون أن تقع الكارثة المتوقّعة، ونجا من زمهرير الشتاء الأوّل الذي كان يطيح أشقّاءه الموتى، ما أعاد بعض الطمأنينة الموقّتة إلى والده الضبع وأمّه السحليّة، لكنّ القلق عاودهما، حين انتبها إلى الطبائع الغريبة للطفل، إذ كان أثناء مشيه يفرد يديه مثل جناحي طائر، ويرفرف بهما كما لو أنّه يستعد للتحليق، ولم يثنه الحجاب المعلّق في رقبته عن هذا السلوك، لكنّ التدريبات الصارمة على القسوة، أجبرته على أن يكفّ عن الرغبة في الطيران، أو أن يلتهم التراب سرًّا، في الفناء الخلفيّ للبيت، أو النوم في قنّ الدجاج، والعراك مع الديوك. أدرك الضبع أنّ لعنة الجدّ الرابع قد أصابت ابنه بلوثة العاطفة، ومورثات سلالة الطير التي طبعت جينات بعض الهلاليّين. فإضافة إلى ميله إلى الانزواء والعزلة والصمت، كان السبع يلجأ إلى قراءة الكتب التي يستعيرها من الخزانة المهملة للجدّ الثاني، قبل أن يحضرها بنفسه من الناحية القريبة، على درّاجة هوائيّة. خشية الأب من أن يقع مكروه للفتى، وتاليًا انقراض نسله، جعلته يفكّر في تزويجه على عجل، قبل أن تأخذ الكتب عقله، ويخسره إلى الأبد. بعد بحثٍ مضنٍ، قامت به السحليّة بين الهلاليّات، وجدت مرادها لدى «خشفة» إحدى حفيدات الجدّة الأرمنيّة: بعينين خضراوين، وجديلة شقراء تنسدل إلى أسفل ظهرها، وحوض صلب للإنجاب. أهازيج ودبكة وصخب في الخارج، إلى أن وجد السبع نفسه في غرفة واحدة مع خشفة. جلس فتى الرابعة عشرة صامتًا ومرتبكًا إلى جوار عروسه المضمّخة برائحة الحنّاء والعطور والرغبة، ووفقًا للمرويّات، فإن خشفة هي من بادرت بخلع ثيابها: وقفت عارية تمامًا أمامه، ثمّ ساعدته

في خلع ثيابه، وتمدّدت فوق الفراش بانتظار ملامسات السبع. أضاع الفتى الجهة التي كان عليه أن يخترق سراديبها، وبعد عناء وتخبّط في اكتشاف التضاريس المجهولة، وجد لذّته في نقر حلمتيها بملامسات عشوائيّة، مثل طائر يستكشف طعم ثمرة غريبة، من دون أن ينحدر بشفتيه إلى أكثر من السرّة. كانت الأمّ تنتظر قرب الباب بشارة دم البكارة، وحين ضجرت من الانتظار والصمت، اقتحمت الغرفة، ما أجفل العروسين. أزاحت ابنها جانبًا بحركة ساخطة، وهمهمة لم يفهمها الفتى، اقتربت من العروس، وضعت وسادة فوق فمها وضغطت بيدها فوقه لتكتم صراخها المتوقّع، وباليد الأخرى باعدت ما بين فخذيها، ثمّ اخترقت فرجها بإصبعها الوسطى، فتدفّقت قطرات دم، كانت كافية لدمغ القماشة البيضاء بدليل طهارة مؤكّدة، ثمّ أغلقتْ الباب وخرجت، فاختلطت صرخة خشفة مع نحيب الفتى من منظر الدم، بصوت رصاص البهجة في الخارج، من بندقيّة الضبع، إلّا أن السبع تمكّن من أن يتسلّل فجر اليوم التالي خارجًا، ويذهب إلى جهة مجهولة، وسيظهر بعد سنوات تاجرَ طيور الصيد.

45

ليلًا، كانت رهام بمزاج الشاي بالزنجبيل!

اكتفت بالإشارة إلى كتاب جيرار ميشو، ثمّ قالت:

– الآن فقط، عرفت أسباب موت أبي. هذا الكتاب وحده، أجاب عن كلّ أسئلتي القديمة حول المصير المفجع الذي انتهى إليه رضا سمعان.

– ينبغي أن نفكّر في مصائرنا اليوم، وأن ننسى ما مضى، قلت محاولًا تهدئة انفعالها.

– مصائرنا اليوم هي ثمار صمتنا حيال خطيئة الأمس.

لففت ذراعي حول كتفها، وضممتها نحوي. أشعلتْ سيجارة، ثمّ قالت:

– سأعترف لك بأنّني فكّرت جدّيًا لحظات في أن أهرب إلى أبعد دير في الجبال، أعتزل هذا العالم الموبوء تمامًا. هل تتخيّلني برداء راهبة؟

– أتخيّلك عارية. لا أتخيّل مَنْ كانت منهمكة بترجمة «موجز تاريخ الأرداف»، أن تنكبّ بجدّيّة على قراءة كتب القدّيسين، وأسرار الرّب.

– ولكنّ أحدهم سبقني إلى ترجمته، رغم إغفال اسمه عن النسخة العربيّة. لا أفهم مثل هذه التقيّة!

– فتّشي عن كتابٍ آخر، وسأقنع صاحب دار النشر بطباعته.

– أرغب في أن أنجزَ كتابًا يخصّني، يحمل اسمي من دون شركاء، أن أفكَّ الاشتباك بين ماركس ويسوع، ولكن قبل ذلك عليّ زيارة قبر أبي، ربّما ستنطق الحجارة بأسراره.

– أفهم أنّك ستديرين ظهرك لفلسفة المتعة إلى الأبد، قلت، وأنا أرتشف شايي على مهلٍ.

– هناك أشجار أخرى للمتعة غير شجرة نسب الجسد، قالتها بحسم.

– هل تظنّين أنّ زيارة مقبرة مهدَّمة تحقّق متعةً ما؟

– متعة اكتشاف تاريخ جرى التعتيم عليه عمدًا.

أدركتُ أنّ رهام دخلت عتبة أخرى في ترميم سلالم حياتها، وأنّ شجرة حائط الرغبات التي أنشأتها بحبر اللذّة، لن تشهد كتابة تواريخ أخرى كالتي خبرناها قبلًا. أزاحت يدي عن ركبتها، فطوّقتها بيدي الأخرى: كانت بشفتين باردتين مثل جثّة.

46

صلف رئيس التحرير الجديد للموقع، فاق سفالة سلفه بمراحل، فقد كان يتعامل مع محرّري الموقع كما لو أنّهم جنود في ثكنة عسكريّة. كان يخترع أخبارًا لا صحّة لها، إضافة إلى معارك لم تحدث، وابتكار أرقام مزوّرة حتّى في ما يخصّ «نشرة الطقس» أو أسعار العملات. إنّه بديباجة لغويّة أفضل، كنت أبرّر لنفسي استمراري في العمل، إلى أن طاولني قاموس شتائمه في مزاوداته الوطنيّة، ومطالبته أسرة الموقع بارتداء زيّ موحّد يحمل دمغة الموقع حتّى في يوم العطلة. لم أكترث لهذا القرار باعتباري مدقّقًا لغويًّا وحسب، لا شأن لي بأمور التحرير والعمل الميدانيّ، فاستدعاني إلى مكتبه، وقد اتّخذ هيئة المحقّق. أمطرني باتّهامات لم تخطر في بالي، لا تخلو من نبرة تهديد، منهيًا مرافعته بضرورة الالتزام بارتداء التي شيرت الأبيض الذي يحمل دمغة الموقع، والمشاركة في تظاهرة للدرّاجات الهوائيّة، ستنطلق من أمام مبنى الموقع، احتفاء بمناسبة وطنيّة ما. خرجتُ من مكتبه مبلّلًا بالخزي والسخط والخوف.

جلست وراء المكتب، وقد أدرت كرسيي جانبًا، أتأمّل حركة الغيوم، والشرفات المقابلة، وبحركة دائريّة معاكسة، لمحت شعاع

شمس مطبوعًا على قميص قطن أبيض ترتديه محرّرة، كانت تتجوّل بين الممرّات بصدر محشو بالسيليكون، وبمؤخّرة مكتنزة. تصفّحت أغلفة الكتب المتراكمة فوق طرف المكتب، بعدم اكتراث، ثمّ أعدتها إلى مكانها، كأنّها لا تخصّني.

حملتُ معاجمي وغادرت الموقع، ولم أعد ثانيةً.

47

في حانة الأصدقاء، كان الكركدنّ يروي وقائع جديدة، حصل عليها من جهةٍ موثوقة، بحسب قوله، عن اختفاء غاندي كاز: حين تراه في بيروت لن تعرفه مباشرةً. كان بلحية طويلة وقذرة، وبعينين مطفأتين، وبقدم يمنى مبتورة الأصابع بتأثير مرض السكّري، وبرائحة كحول تشمّها من بعد أمتار. تخلّى عن هويّته لموظّف أحد الفنادق الرخيصة، تهرّبًا من دفع أجرة الغرفة، كما أضاع جواز سفره، خلال مراجعته إحدى السفارات الأجنبيّة طلبًا للجوء، أو أنّه مزّقه احتجاجًا على ما أصابه من نكسات وهزائم وخيبات، فبقي عالقًا هناك. وكان حين لا يجد مكانًا للنوم، يستقلّ باصات الضواحي المتأخّرة، كي ينام ساعات محدودة، في المسافة الفاصلة بين رحلتي الذهاب والعودة، وعندما أفلس تمامًا، احتلّ مصطبة وسط شارع الحمرا، واعتبرها سريرًا موقّتًا، ومنصّة شخصيّة لغزواته في اصطياد ضحاياه ممّن يعرفهم قبلًا، أثناء عبورهم الشارع، وإرغامهم على دفع «غرامة تهجير قسريّ» بحسب توصيفه نوع الحياة البائسة التي انتهى إليها، وحين يخلو الشارع من ضحايا متوقّعين، كان يقتحم مقاهي المثقّفين لإلقاء خطبة هذيانيّة عن الاستبداد والطغيان واندحار الفلسفة، فيما يتصرّف مع أشباهه

من الضالّين والمشرّدين والحشّاشين كفيلسوف مؤجّل، لا ينصت إلى حكمته أحد.

كانت هذه زيارتي الأخيرة إلى حانة الأصدقاء، والجلوس إلى مائدة التماثيل الحجر، بعد أن أصدر صاحب الحانة فرمانًا بإلغاء دفتر الديون، ومطالبة زبائن الطاولات بدفع الفاتورة سلفًا، للسيطرة على حالات التسلّل خلسة إلى خارج الحانة، خصوصًا أثناء انقطاع الكهرباء، وكان ظلّ غاندي كاز يرافقني في الشارع، إلى أن انعطفَ نحو البوّابة الحديد لسينما الأهرام المغلقة بالشمع الأحمر، وكنت أسمع صدى طرقات يده على الباب، إلى أن تلاشى الصوت تمامًا، بتأثير صوت عربة قمامة اقتحمت الشارع، ثمّ انشغلتُ بحركة جرذ يعدو نحو الرصيف، وقد خرج مذعورًا من مكبّ للزبالة.

48

استيقظت بمزاج الحلزون المرح، لا أعباء بعد اليوم، في الذهاب إلى العمل، في الموقع الإلكتروني. طويت أسوأ تجربة في حياتي. لم تكن مشعّة، كما ظننت يوم التحاقي بالعمل في موقع «شعاع»، لكنّني، في المقابل – تخفيفًا لخسائري – اكتشفتُ جانبًا خفيًّا لما يحصل حولي، في كواليس الشوارع المجاورة ومطابخها، وكيف تُصنع الأكاذيب علنًا، ببقايا بلاستيك اللغة، ليعاد تدويرها مرّة تلو مرّة، وتلميعها بقوّة الإعلان وسطوة الفوتوشوب.

عبرت شارع المكتبات بحذرٍ أقلّ، مطمئنًّا إلى أنّني سأنجز عملي في دار النشر على نحوٍ أفضل، وبأملٍ غامض بأنّني سأقنع هشام البارودي بأفكارٍ جديدة لتطوير عمل الدار، وقبل أن أجتاز الرصيف نحو المدخل، جذبني ملصق ملوّن في واجهة إحدى المكتبات، يحمل صورة غلاف أنيق تحتضنه امرأة فاتنة.

كان اسم رباب رمضان مكتوبًا بخطٍّ عريض في أعلى الغلاف، ودعوة إلى حفلة توقيع روايتها «الثّور الذي كان يحرث جسدي عنوةً». أكملتُ طريقي إلى دار النشر، وأنا أستحضر المصير المحزن

الذي انتهى إليه مخطوط رواية سهام رشيد، وهل ستتمكّن من الحمل بجنينٍ آخر غير مشوّه: كتابة رواية اعترافات عن روايتها المغتصَبة؟

أخبرني هشام البارودي، فور وصولي إلى لدار، بأنّه قام بغزوة أخرى إلى أحد مستودعات الكتب المنهوبة (لم يقل الكتب المنهوبة، إنّما الكتب النفيسة)، وقد حصل على مجموعة من العناوين النادرة التي ينوي طباعتها مجدّدًا. ناولني قائمة بالعناوين التي في حوزته كي أختار منها ما هو مناسب للطباعة أوّلًا. اتجهت إلى مكتبي بروحٍ قلقة، وأنا أفكّر في مصير أصحاب المكتبات المنهوبة، قبل أن أنهمك بتدقيق بروفة كتاب «البصائر والذخائر» لأبي حيّان التوحيديّ، وأتأمّل بغبطة النحويّين عبارته «ألا تعلم أنّ الكلام كالجسم والنحو كالحلية؟»، وعبارة أخرى «مثل الكاتب مثل الدولاب إذا تعطّل تكسّر».

كنت أقلّب صفحات الكتاب، بالتناوب مع مشهد غسّالة كهربائيّة مسروقة، كانت تدور في رأسي، بفستان أحمر منقّط بفراشات محنّطة.

49

تلك الظهيرة من تشرين الأول، كنت محاطًا بالكتب العتيقة، والمخطوطات، ورائحة الرطوبة، وبصوت مطر خفيف يهطل في الخارج، فيما كانت صورة رهام سمعان تهتزّ أمامي، كما في مرآة، تنأى وتقترب، ثمّ تتوغّل عميقًا، في تضاريس تلك البقعة المنسيّة، منذ ألفي سنة قبل الميلاد، عند تخوم البادية. لم تكتشفها خيول الفتح الإسلاميّ أثناء عبورها واحة تدمر. أكملتْ الحملة التي كان يقودها خالد بن الوليد طريقها نحو مدينة حمص، فحافظت البلدة المختبئة في عمق الصحراء على اسمها الآراميّ القديم «صدد»، وعلى كنائسها، ولغتها السريانيّة، وتعاليم القدّيس ديونوسيوس يعقوب الصليبيّ اللاهوتيّة، إلى أن غزاها أخيرًا، البرابرة الجدُد، وسبوا نساءها، واستباحوا كنائسها وحطّموا أيقوناتها ومكتباتها القديمة ومقابرها، قبل أن يغادروها ثانيةً.

أبلغتني رهام بعد يومين من وصولها البلدة، باتّصالٍ هاتفيّ مشوّش، بأنّها وجدت بقايا شاهدة الرخام التي تحمل اسم أبيها، لكنّها لم تجد مكان القبر بعد، وبأنّها لن تعود حتّى تعثر عليه، وتعيد

ترميمه كما كان، ثمّ قالت بتصميم: «لن أعود، قبل أن أكتب السطور الأولى من سيرة أبي المحذوفة من وثائق السجلّات الرسميّة».

كنت أحرّك ملعقة السكّر في الكأس الثانية من شايٍ ثقيل، أعددته بنفسي، لمقاومة صداع كان يلازمني منذ الصباح، حين سمعتُ وقع كعب حذاء نسائيّ على الدرج. توقّفتُ عن تحريك الملعقة، للتأكّد من جهة الصوت. أحسستُ باضطراب مفاجئ في أضلاعي، مع اقتراب وقع الخطوات، فقد كان في التوقيت نفسه الذي أتت فيه رهام سمعان إلى دار النشر أوّل مرّة، قبل سنة وثلاثة أشهر وتسعة عشر يومًا، تستفسر عن معجم بالفرنسية، وعن عناوين كتب محظورة.

50

لم يكن صحوًا تمامًا، ولم يكن منامًا تمامًا.

كنت أتخبّط فوق رمالٍ متحرّكة، في صحراء لانهائيّة، وقد قذفتني ريح عاصفة خارج صَدفتي الصلبة.

أنا الآن، حلزون مكسور الظهر:

– جدّتي، هل أطعمني جدّي قلب ذئب حقًّا؟

(دمشق، تشرين الثاني 2018)